白い木槿（むくげ）

方政雄

新幹社

白い木槿——目次

夾竹桃（きょうちくとう）の下で

一

茂が小学校四年生の初夏だった。同い年の京子と清の姉弟からいつものように近所の浜田公園に誘われた。

京子の家業の周旋屋（不動産屋）の店が忙しいのだ。父がいうには、初めて開催する東京オリンピックのために景気がいいそうで、工場が多い尼崎に地方からの人が仕事を見つけて住む人が多いから、京子の店が繁盛していると言っていた。

弟の清が、店で働いている母・幸子さんにまとわりつき、仕事にならなくなると幸子さんは京子を呼び、「忙しいから、清つれて外で遊んでちょうだい」と言うのだ。そんなとき斜め向かいに住んでいる茂は必ず京子から声をかけられた。

茂は、靴箱横にある箱から瓦のかけらを三つ取り出し、三人並んで公園に向かった。公園の周囲をかこむように夾竹桃が植えられていて、今を盛りの赤い花がむっとする熱い風に揺れていた。

茂が生まれる前年の昭和二十五年八月、四国・近畿地方を襲った「ジェーン台風」は死者三百九十八名をもたらし各地に大きな災害を与えた。尼崎も海岸線のある南部、いわゆる「海抜〇メートル」と呼ばれていた地帯は海水に浸かりほとんどの植物は枯れてしまったが、その中で夾竹桃だけが夏の日差しのなか赤い花をつけ、凛と立っていた。また大気汚染などの公害にも強いということもあり、昭和二十七年に「困難にも負けない強い生命力」のシンボルとして尼崎の市花に選定された。その後、学校や公園などの公共施設はいうに及ばず工場など、いたる所で夾竹桃は植えられた。尼崎の小学校ではすべての児童はこのことを学び、茂も京子も知っている。

公園の入り口で茂は京子に、「今日はケンケンパするで」と言いながら、公園の左奥にある滑り台の横の地面に、途中で拾ってきた棒きれで幾つかの丸を書いた。

「やっぱり六歳の清には無理やなァ、茂兄ちゃんとお姉ちゃんと二人でするからよォ見ときや」

茂は手のひら大の平たい瓦のかけらを京子に渡しながら、清に向かって言った。京子は受け取った後、清の手を引いて滑り台後ろにあるベンチに座らせた。そしてポケットの紙袋からスルメの駄菓子取り出して、

「公園に野良犬が出る言うとおから、スルメ早よ食べな、取りに来よるでえ。犬見たらすぐにお姉ちゃんに言いよ」

清にスルメを握らしながら、京子は言っていた。

茂と京子はケンケンパを始めると、遊びに夢中になった。茂の番が来て片足を上げ跳び始めようとした時、清の「わあー」という叫び声が聞こえた。跳ぶのを止めて清を見ると、黒い大きな犬が低い唸り声をあげ清に向かっている。茂はうろたえ、わっと滑り台と反対の方に逃げ出した。逃げる茂の後ろから

「清、スルメ捨てッ」

京子の鋭く叫ぶ声がした。茂が振り向くと同時に、京子は足元にある瓦のかけらをその犬に向かって強く投げた。「グン」という鈍い音がして、犬の頭に当たる。

「キャイン！」

犬は一声かん高く叫び、しっぽを巻いて一目散に逃げて行った。京子は急いで清に駆け寄る。清はびっくりして大声で泣いていた。茂は逃げ隠れた夾竹桃の葉っぱの間から顔を出し、のそっと出て来た。京子は膝をついて清をしっかり抱きしめ、

「犬、行ってしもおたから、もう安心やで。もう泣かんでええで」とやさしく言葉をくり返していた。

茂は、男のくせに情けない、そんな事を思いながら、清を腕の中にすっぽり包み込んでいる京子の後ろ姿をぼんやりと見ていた。


茂が通っている浜北小学校と隣接する石綿パイプ工場との間には、車一台がやっと通れるほどの道で区切られている。金網塀の内側にはどちらも夾竹桃が等間隔で植えられていた。向かいあった金網塀の夾竹桃の高さはどちらもゆうに塀を超え、その尖(とが)った葉は金網

を覆い隠していた。夏のころには見事な花のトンネルができる。

四月、茂と京子は五年生になり、清は小学校に入学した。その夾竹桃で挟まれた道を、時たま通る車に気をつけながら三人一緒に通った。清の服も靴もランドセルも新しく大きかった。後ろから清を見るとランドセルが足を生やして歩いているようで、可愛かった。

「清、学校だいぶ慣れたか。悪い奴おったらお兄ちゃんに言いよ。やっつけたるからな」

「そやけど、茂兄ちゃん、犬来たとき、逃げとったやん」

「あれはなァ、兄ちゃん、犬嫌いやねん、人間は大丈夫やで、まかしときってェ」

茂は頭を掻き言い訳をしながら、清の横を歩いている京子の横顔を見た。京子は声に出さずに笑っていた。

「京子ちゃん違うねん、ほんま、人間やったら絶対やっつけてるって、ほんまやで」

あせって言い訳をすればするほど、自分が小さくなっていくのがわかった。

校門に入ると茂は「学校終わったら、また遊ぼか」と清の頭をなでた。京子は清の手を引き、一年生の教室がある油引きの臭いが残る東側の木造校舎に一緒に行く。茂は校門で出会った同じ組の友達とできたばかりの三階建ての鉄筋コンクリートの北側校舎に向かったが、目は京子と清を追っていた。

三階の茂の教室からは来年のオリンピックを控え、工事中の名神高速道路の盛り上がった土手が見えていた。

「京子ちゃんは、お父さんの相徳さんとお母さんの幸子さんのええとこだけもうて、頭ええしべっぴんやし、ほんまに言うことないわ」

母は京子と会うたびに、枕詞のように言うのだ。茂は奇麗だと意識し始めると、それまでなにげなく話していた京子が急に眩しくなっていった。

「茂、京子ちゃんが長崎カステラ、お客さんからもらったいうて来てるさかい、一緒に食べよ。京子ちゃんのお母さんがな、茂にいつも遊んでくれてありがとう言うて。お前、これ好きやろ、早よおいで」

茂は奥の部屋で寝転びながら漫画を読んでいた。母の呼び声が聞こえ、今すぐにでも京子のところへ行きたかったが、体が動かない。

「何してんの、変な子やな」

京子と向かい合うとなぜか、息苦しくなり、違う自分がそこにいた。

「今食べとうない。忙しいねん」

「茂ちゃん、どないしたん。カステラ好きやろ、部屋に持っていったろか」

京子はやさしく言った。

「勝手に襖開けるなよ、俺今忙しい言ってるやろ。カステラなんか嫌いや」

「京子ちゃんほっとき、わがままやねん。私らだけで食べよ」

皿のカチャカチャという音のあと、「あ、美味しい」という母の声と二人の笑い声が聞こえた。

茂は最近京子に対して素直になれず、無理につっけんどな態度をしてみたり、時には意地悪さえもするのだった。しかし、冷静になるとそれと同じくらい後悔もした。

京子が帰ったあと、茂は襖を開け、のそっと出てきた。

「なんで出てきて一緒に食べへんかったんや。せっかく持ってきてくれたのに」

母はちゃぶ台を拭きながらぶつぶつと言った。茂は箱に残っているカステラを摘み出し、「お茶ちょうだい」と言いながら食べはじめた。

ひとしきり食べ終わったあと、茂は気になることを思い切って聞いてみた。

「あんな、お母ちゃん……、京子とこ朝鮮人か」

母は驚いたように目を見開いた。

「なんでそんなこと聞くのや」

「同じ組の健ちゃんが、『お前、京子と仲ええけど知っとおか』、言うとってん」

「健ちゃんゆうたら、この前茂をいじめたあの山下とこの健司か」

茂は「そや」と首をコクリと動かした。

京子は五年の学年の中でも目立った。背が高く、色白で目鼻立ちも端正で、勉強も運動もよくできた。同じ学年の男女も含め同級生たちのあこがれでもあった。その裏表の関係で嫉妬心も生まれていた。

「茂、そんなん関係ない、関係ないで」

母は怒ったように、きっぱりと言った。暫く母は黙ったあと、京子のお父さんとお母さんの話を聞かせてくれた。

「京子のお父さん・相徳さんはな、朝鮮で生まれてん。日本には勉強しに来て、苦労して大学を卒業したんや。ところが卒業したら終戦で、朝鮮が独立したからいうて帰ることにしてん」

「ほんだら、なんで今日本にいるの」

「国に帰る船乗るために連絡船が出る下関に行ったけれど、日本国中からそんな朝鮮人が集まって、船もそんなにないから、結局船待ちしとった時に、働きに来とったお母さんの幸子さんに出会ったんや」

母は湯呑に残っているお茶を飲み干し、話を続ける。

「そんで相徳さんは結婚をしたいと島根の幸子さんの田舎に行ったけれど、『朝鮮人にはやれん』いうてな。幸子さんにも『結婚するなら、親でも子でもない』いうてやな。幸子さんは体引き裂かれる思いやったけど、結局相徳さんと一緒に暮らす方を取った。それから二人苦労してやっと今の店持ったんや」

茂は口を結び聞いている。

「一人で日本に来た相徳さんと、親兄弟からも見放された幸子さんは、お互い二人しかおれへんかった。そやけどかわいい子どもが二人できて、お母ちゃんはな、絶対相徳さんとこ幸せになって欲しいねん。朝鮮人、日本人そんなん関係あれへん、そやろ茂」

母は強い口調で言った。

二

茂は夕食の買い物に母と一キロほど先の波江市場に一緒にいくのが好きだ。好物のおかずをねだったりもできるし、いろんな店から聞こえるしわがれた掛け声のにぎやかしさも心地よかった。

梅雨入り前の蒸しっとした日だ。波江市場から二人帰る途中だった。母の市場かごからは長ネギの緑の部分がはみ出ている。そろばん学校の手前の道路にパトカーが止まり人だかりがしていた。

「どないしたんやろ。何かあったんかなァ」

「お母ちゃん、早よ行って見よ」

茂は母の手をひっぱり、人だまりの中に早足で向かって行った。

電信柱の先にはトラックが止まり、その根元には自転車がひっくり返っていた。そしてそのそばにスカートをはいた人が倒れていた。見覚えのある桃色の縦じまスカートの柄がはっきり見えた。

一人の警官はトラックの運転手に手帳を片手に話を聞いていた。母は青ざめた顔になり何人もの人をかき分けて前に出た。

「ああっ、幸子さんやあー」

「茂、来たらあかん、見たらあかん！」

茂は見えた。頭がつぶれ、脳みそがはみ出している京子のお母さんを。頭からはまだ赤黒い液体のようなものが流れ、道路に広がっていた。

母はその場にしゃがみ込み、「どないしょ。どないしょ」と狂ったように言っている。一車線の狭い道だった。道路の片側が田んぼで、反対側に家が並んでいて、電信柱は田んぼ側の道路の端に立っていた。

「自転車買うてもうて、まだ運転が危ないのに、一人での遠乗りはあかん、言うとったのに。うちがもっとキツう言うとったらよかったんや。うちが悪いんや」

母は足を投げ出し、「うちが悪い」と同じ言葉をうわごとの様に繰り返した。茂は母を起こそうと両手を引っ張った。母は一度は腰を上げたが、歩けないのか道路の端の方によろめき、また腰を落としへたりこんだ。横倒しになった市場かごからはじゃがいもが転がり出た。

まだ自転車の運転が不慣れな京子の母にしてみれば、この道での自動車との対面通行は無謀であったかもしれない。トラックをよけようと左端に寄ったが電信柱とぶつかり自転車ともども倒れた。左に倒れれば田んぼの中であったが、不幸なことに道路側の右に倒れた。トラックの急ブレーキも間に合わず引かれてしまったのだと。

その夜、母は仕事から帰って来た父に幸子さんの出来事を説明していた。そして、死なせたのは私のせいだと、自分の胸を叩きながらまた泣きじゃくった。

朝から小雨が降っていた。葬儀は相徳さんの家で行われた。店の奥の六畳間にお棺が置かれ、相徳さん、京子、清の三人はその右側に並びちょこんと座っていた。参列者は茂の家族と近所の知り合いの人たちだけで、相徳さん側からも幸子さん側からも親戚縁者の人は誰もいなかった。茂は父と母の後に続き焼香の仕草を緊張しながら真似た。その後京子、清の担任の先生と近所の人らが幾人か続いたが、焼香はすぐに終わった。

玄関の屋根からポタリ、ポタリと滴り落ちる雨音がさみしい音として聞こえた。

相徳さんは肩を落とし頭が畳に着く程だ。清は体を京子に預け大人しくしていた。京子は清の頭をなで、泣き腫らした眼を見開いたまま一点を見続けていた。湿ったような読経が終わり、お坊さんが手を合わせながら頭を下げ、音もなく過ぎて行った。

「みなさま、最後のお別れです」

葬儀屋さんの低い声が響き、お棺の蓋が開けられた。茂も祭壇に飾ってあった花を二、三本取り、お棺に入れようとした。そのとき、京子の叫び声が聞こえた。

「うそや！

お母ちゃん違う

うそやああ！」

京子は、全身から声を絞りあげた。茂はお棺を覗いた。そこには顔全体を白い布で覆い、その真ん中の穴の開けたところから木で作った鼻の様なものだけが出ていた。相徳さん、京子、清、そして母も泣き叫びながらお棺に取りすがっていた。やがてみんなの手一つ一つが茂の父によってほどかれ、棺は閉められた。

「アイゴー、幸子。アイゴー、どこ行くんや。ワシも一緒に行く」

そのあと相徳さんは出棺させず、駄々っ子のように泣きじゃくり棺に取りすがったまま離さなかった。誰もがその様子を遠巻きにして見ていたが、やがて父が相徳さんの肩をやさしくさすって、

「相徳さん、幸子さん天国に送ったろ。な」

しばらくして、相徳さんは棺から手を離し、その場に座り込んだ。清は京子の後ろに回り、京子の腕をきつく抱きしめて、棺桶が運ばれるのを目で追っていた。京子は清の肩に手を回し、父の横に付き添った。

霊柩車に棺が収まりドアが閉められた。霊柩車はクラクションを大きく響かせ、しとしと降る雨のなか、静かに火葬場へ向かった。その後を京子たちを乗せたタクシーが曳かれるように行った。

三

相徳さんはそれから仕事をしなくなり、酒におぼれた。あれほど几帳面で働きの者だったが、魂が抜けたような状態になっていった。

母は、女手のいなくなった相徳さんの家に行っては、京子や清の世話や店の掃除や片づけものをしたりしていた。茂も母について行き、母が用事をしている間清と遊んでやった。しかし本当は京子のことが気がかりであった。

母が行く時以外でもほぼ毎日清を誘って浜田公園で遊んだ。何気なくついでのふりをして京子も誘ったが、「うちはええわ」、と力なく首を振るだけだった。

「京子ちゃんや清君の方がどんなに辛いことか。酒ばっかし飲んでないで、ちょっとは子どものことも考えたりや」

部屋の隅っこで一升瓶を横に置いてメソメソ泣いている相徳さんに向かって、部屋の片づけをしながら母は言葉を荒げた。京子は相徳さんと母の間に入って、掃除している母のほうきをとり、

「おばちゃん、ありがとう。後はうちがするから。晩御飯もうちがするよって、もうええよ。いつもありがとう」

「あんた、えらいね。あんたと清がどんなにつらいの。何かあったら、すぐおばちゃんに

言うてや」

相徳さんはそれからも仕事もせず酒ばかり飲み、身なりもだらしくなっていった。周旋屋は信用が大事な商売で、そのような相徳さんから人は遠のいて行き、周旋屋も開店休業の状態になっていった。さみしさを紛らす酒の量はますます増え続け、恥や外聞、他人からひんしゅくを買うことにも無頓着になり、いつも白いワイシャツにネクタイをしていた相徳さんとは違う人間になってしまったようだった。

幸子さんが亡くなり二ヶ月が過ぎたころには生活費もままにならない状態になってきたのが、茂にもわかった。

「おばちゃん、ごめんやけど、ちょっとお米貸してくれへん」

夜もふけたころ、京子が玄関の戸をあけて小さな声で言った。

「まだご飯食べてへんのか。清君もこっち入っておいで。残りもんやけど、今日はうちで食べ。早よ」

「お父ちゃんが、家で待ってるさかい」

「あんな飲んだくれ、ほっとき」

「そやかて、朝から何にも食べてへんさかい」

「もーしゃないな。分かった、何かにぎりでも作ったるさかい、早よ二人、入ってご飯食べ」

周旋屋の店は鉛筆で太く書かれた「休業」の紙が玄関戸に止められていた。軒先にはクモの巣が目立つようになり、風が吹くとクモの巣が揺れ、紙がめくれた。

京子と清は学校も休みがちになっていった。服は薄汚れ、髪も伸び、二人はあまり家から出ようとはせず、炊事や洗濯などは京子一人でしているようだった。

母が相徳さんの家の様子を見て、掃除や片づけものをするたびに、茂は必ず一緒について行った。

「よっしゃ、浜田公園行って遊ぼか。さあ行くで」

茂は陽気に二人に向かって言った。今日は、京子も連れて行くのだと、決めていた。

「今日はなァ、日光写真撮ろ思うて。これや、見てん、漫画の付録にあったんや。ほれ、京子の好きなリボンの騎士も写せるで。清、鉄人28号もおんで。スルメのお菓子もあるし」

京子は少し顔を上げ、一言「ありがとう」と言ったきりだった。清も日光写真機の箱をちらっと見ただけであった。

「浜田公園、ほれ去年の今頃スルメ、犬来たやろ。今度来たらほんま、蹴っ飛ばしたるかららな」

茂は右足を思いっきり蹴りあげた。

「清、スルメのお菓子、はい。早よ行こ行こ。京子も行くで」

茂は清にお菓子を渡し、背中を押して玄関の外まで連れ出し京子を待った。

「京子ちゃんも行ってきたら、夾竹桃の花咲いとうし。茂あんなん言うとうけど、あの子、犬出たらまた逃げるで」

母は茂にも聞こえるように言った。

「ほんだら、おばちゃん、すいませんけれど、ちょっと行ってきます」

京子はゆっくりと腰を上げ、二人の前に立った。

茂は初夏の眩しい太陽が当たっている滑り台の後ろのベンチに写真機を置いた。日光写真ができるまでの間、三人は地面に新聞紙を敷き、座りながらスルメをかじった。茂と清は隣り合わせ、京子は少し離れて座ったが同じ夾竹桃の日陰の中だ。風が渡り、夾竹桃の葉も京子の前髪も揺れた。茂は仕事をやり遂げたような満足感を覚えた。

四

周旋屋の店は廃業と同じ状態だった。借家やアパートなどの物件の案内チラシが貼ってある玄関横の窓ガラスは、歯が抜けたようにまばらにチラシが付いているだけで、その数も日を追う度に減ってきているのが茂にもわかった。チラシの隙間から中を覗くと、昼間でも薄暗かった。

珍しく定時で早く帰って来た父に、茂は相徳さんの店の様子を伝えた。母も夕食の支度の手を休めて、「お金もないみたいで、子どもら可哀相や。それやのに、酒だけは離せへん」と話に加わった。

「酒が切れたら悲しみにつぶされ生きていかれへん。酒だけがそれを紛らす唯一の手段になってしもてんなァ。この前話したら、自分でもどうしようも出来へんいうて、泣きながら言うとった」

父は仕事着を脱ぎながら言った。

三日前、夜遅く相徳さんが珍しくうちにやってきた。

「ごめんお父さん、おる。まだ寝てへんか。すまんなあ、これ買おてくれへんか」

相徳さんは足で玄関の戸を開け、両腕にテレビ抱えてやって来た。茂と母は部屋に敷いていた布団を二つに折り、相徳さんが座れるようにした。テレビがあるのは、近所ではお好み焼屋と相徳さんの家だけだった。

「どないしたん。そやけど、そんな高いもん、買われんで」

「月賦でもええねん。悪いけど、とりあえず二千円貸してくれへんか」

相徳さんが話すたびに、酒臭い息が離れていてもにおってきた。

「相徳さん、ちょっと飲もか。母さん、茂と一緒に隣の部屋でもう寝てんか」

母は奥の襖を開け、内職の材料と完成品が入った段ボール箱を部屋の左右に積み上げ、その開いた場所に布団を引きずって行った。隣の部屋で茂と母は寝かされた。父と相徳さんはコップ酒を飲みはじめた。茂は聞き耳を立てていたが、ウトウトとし、気がつけば朝になっていた。

テレビは玄関横の部屋隅にあった。テレビが家で見ることができる喜びが湧き上がり、小躍りしたい気分だった。同時にこのテレビは京子、清の家から持ってきたものだ。あの二人は今どんな気持ちでいるか、それが頭をよぎった。

相徳さんの酒の量が減ることはなかった。酔っ払い、裸足と破れたステテコ姿で昼間から波江通りをふらついている。茂もそんな姿をよく見かけた。

近所の人たちは初めは同情的であったが、仕事もせず、借金や付けで酒を買い、子どもの面倒もみない相徳さんに愛想を尽かし、軽蔑すらした。中には、「やっぱり、朝鮮人はあかんわ」と言い放つ人もいた。茂は京子や清までもがそんなふうに見られることには耐えられなかった。

酔っ払った相徳さんが必ず行く場所があった。波江市場に続く通りにある、幸子さんがひかれた場所であった。事故から暫くは電信柱の根元には花束などが供えられていたが、今はその痕跡すら無くなって、みんなは事故のことも忘れかけていた。相徳さんは、その電信柱の下に座り、「アイゴー、アイゴー」とうめくのである。

茂が通っていた、アパート二階のそろばん学校からはその電信柱がよく見え、相徳さんの哀れな姿がその日も見えた。そろばん学校が終わり、帰るとき、そこに向かうかどうか迷ったが思い切って行った。

「おっちゃん、京子や清が心配するから早よ帰り」

しゃがんで声をかけたが、横を通る幾つもの視線が恥ずかしく、茂は一刻も早く立ち去りたかった。

「お、茂か。お前のお父ちゃんにはお世話になってんねん。ほんま、ありがと」

相徳さんは顔だけをあげた。酒臭い息が鼻をついた。

「京子が探しとう思うから、早よ帰ろお」

茂はそろばんの入ったカバンを肩にかけ、相徳さんの腕を両手でつかみ力を込めて引き上げた。ふらつきながら相徳さんは立ち上がった。

「茂、わしゃ、駄目な男や。京子、清のためにも頑張らなあかん思とうけど、でけへんのや。力が出えへんのや。わしゃ、あかんたれや」

相徳さんはろれつの回っていない口ぶりで、何度も同じことを繰り返していた。

それから数日たった日、茂がそろばん学校から帰る途中に浜田公園の入り口横で、健司と数人の子らが遊んでいるのを見つけた。茂は健司が苦手で嫌いだ。五年生なのに学校でケンカが一番強いということで、何かあればすぐに手を出してきて、茂もやられた方だった。一緒に遊んでいる子らも健司の力の庇護の下で大きな顔をしていた。

健司は中学の兄・隆と父・辰三の三人暮らしで、健司の母はある日突然いなくなったという。父と母のひそひそ話を聞いてしまった。健司の父が母親を事あるごとに殴ったり蹴ったりするので、子どもを置いて逃げてしまったとか。今は健司の父は若い女をときどき家に連れてくるそうだ。その時は子どもたちを外に追いやることもあり、寒い真夜中に浜田公園で健司と隆の二人が丸くなり、焚き火を囲んでいたのを残業帰りの父は何度か見たそうである。

茂は遊んでいる集団から隠れて通り抜けようとした。その時、

「おい、京子のオトンが、またチンチン出して歩いとうぞ」

健司の連れが遊んでいる集団の中に走りこんできた。ベッタンをしていた健司らは一斉にわっと駆け出して行った。茂は見つからないように離れて後を追った。

波江市場の通り道で相徳さんは薄汚れたランニングシャツとステテコ姿で、四合瓶の酒を片手にふらふらと裸足で歩いていた。へそまでずれたステテコの破れから黒い陰茎が垂れ下がっていた。

「京子のオトンのチイーンチン。ぶらぶら、ぶらぶらチイーンチン」

「朝鮮人のチイーンチン。ぶらぶら、ぶらぶらチイーンチン」

健司たちはふらふらと歩く相徳さんを囲み、歩調を合わせ囃したてた。

「こらー、お前らあっち行けー」

相徳さんはふらつきながらろれつの回らない言葉でどなりたてるが、健司たちはそれがまた面白くて、手拍子も加えさらに囃したてた。人々は遠巻きにそれを見て、避けるように過ぎて行く。

相徳さんを探して、京子が血相を変えて走ってきた。

「やっぱりここやったん。お父ちゃん早よ帰ろ。なあ、早よ帰ろ。お願いやから帰ろって」

「京子か。かんにんな。こんな父ちゃん許して、かんにんやで」

健司たちは、相徳さんと京子を囲んで更に囃したてた。

「京子のオトンのチイーンチン。ぶらぶら、ぶらぶらチイーンチン」

「朝鮮人のチイーンチン。ぶらぶら、ぶらぶらチイーンチン」

京子は田んぼに挿してあった棒を引き抜くと振り上げ、健司たちに向かって行く。健司たちはクモの子を散らすようにわあっと一目散に逃げたが、また一と所に集まり、大きな声で囃し言葉を繰り返すのだった。

京子は健司たちを睨み、唇を一文字にして耐えていたが、肩を震わせ、「ううッ」という嚙み殺したようなうめき声をあげ、やがて目からは大粒の涙があふれ出た。

茂はそろばん学校の横に隠れてそれを見ていた。

京子の悔しさ悲しさ、それは健司らのからかいよりも紙一重の破れにより突然襲いかかってきた、不幸に対するものではないのか、うまく言い表せないが茂は漠然とそう感じた。しかし茂は何もすることはできない。健司たちも怖かったが、京子とどんな言葉を交わしてよいか分からなかった。

幸子さんが倒れていた電信柱の横に相徳さんは座り込み、地面をたたき「アイゴー、アイゴー」と悲しい声をあげている。京子はその横で涙をぬぐうこともなく立ち尽くしていた。

茂は、(俺は、卑怯者だと)恥じた。

五

暑かった夏が過ぎ、さわやかな秋風はやがて北風に変わり、木枯らしの季節となった。学校や浜田公園の木々は赤や黄色の色をつけ散っていったが、夾竹桃は冬になっても落葉せず、何事もなかったように濃緑の尖った葉をつけていた。

茂の母は京子の家で冬服の衣替えの手伝いに行った。京子は一人でもできると遠慮をしていたので、母が無理に押し掛けた格好になっていた。茂は清と遊ぶ口実で母に着いて行く。母は、洗濯している夏、秋服をたたみながら京子に、

「来年になってすぐ着れるようにちゃんとたたんで、箱を閉める前には虫食わんようにナフタリン入れて、するんやでェ」

「おばちゃん、ありがと。やっぱり来てもうてよかったわ」

京子は、母が買ってきたナフタリンを衣服箱に入れながら、にっこりほほ笑んだ。京子

の久しぶりの笑顔を見た茂は、胸に「幸せ」が詰まったように感じた。

相徳さんは周旋屋を辞めた。心と体の調子がいい時は、知り合いの李さんの紹介で仕事の手伝いに行っている。李さんは、相徳さんとは同郷・慶州出身の四、五歳ほど年上の人で、幸子さんの葬式の時に茂の家族とは顔を合わせていた。李さんは小柄だが肩の肉が盛り上がり、がっちりとした体形をしている。顔は黄土色に近く、父が「土方焼け」の色だと言っていたが、土建会社で働いているというので、茂も納得した。相徳さんが周旋屋を開店するときにも世話になったという。

相徳さんの生活を見かねて、半ば強引に仕事に連れて行かれた、と父が母に言っていた。京子の笑顔は父親が少し回復し、僅かだが生活費も入るようになったことも関係があると茂は思った。

茂は奥の部屋でまだ布団に入っている清に陽気な声をかける。

「さあ、いつまでも寝とらんと、公園行くで。お姉ちゃんはお母ちゃんと仕事中やし」

清は微動だもせず布団をかぶったままで、時々フンフンと小さな咳が聞こえる。京子は、茂にも聞こえるように母に向かって言った。

「清、十二月に入ってからずっと熱があって元気ないねん。風邪やと思うて、薬買って飲ましとうけど、熱下がらへん」

「お医者さん、行ったん？」母は手を休め、京子を見る。

「うちの家、医者の保険ないねん。おばちゃん大丈夫や。じき良うなると思うで」

京子は服をたたみながら母に答えた。

清は頭だけを上げ、細い声で「大丈夫やで」とみんなににっこりと笑った。

それから何日か経って、初木枯らしが吹いた寒い夜、相徳さんが血相を変えて家に入ってきた。

「お父さんおるか、仕事からまだか。茂のお母さん、悪いけどお金貸してくれへんか、病院行く。清がおかしいねん」

母は奥に行き、水屋の戸を強く開け、ありったけのお金を握りしめた。

京子と茂も母も、清を抱きかかえた相徳さんの後を急ぎ足で続く。波江市場の北にある山崎病院は閉っていたが、相徳さんが玄関戸を割れんばかりに叩いた。玄関のすりガラス越しに中がほの明るくなるのがわかった。清は荒い息で唸っていた。医師は清を一目見るなり、「なんでここまで置いとったんや」と怒鳴った。

診察室には相徳さんに頼まれて母も一緒に入った。京子と二人だけの薄暗い待合室は冷えびえとしていた。どちらも黙りこみ、壁に掛けてある柱時計だけチクチクと終わることのない音を立てていた。どれくらい時間が経ったのか、診察室のドアが慌ただしく開き、医師と清を抱いた看護婦は病室の方に急ぎ足で向かった。

その後に、相徳さんと母が重い脚を引きずり出て来た。

「アイゴ、清……、肺炎がこじれ……、今日明日が山やて……」

相徳さんは溜息の合間に力なく声を出した。母は京子の肩に手を回し引き寄せていた。

次の日も清は昏睡状態が続いている。相徳さん京子、父も仕事を休み、母、茂と一緒に清の病室にいた。窓の外には初雪がヒラヒラと舞っていた。

茂は思いついたように急いで家に帰り、また病室に戻ってきた。頭に付いている雪を手で払う。

「清、聞こえるかァ。お前が欲しがっとった、鉄人28号の大(おお)ベッタンやるわ。そやから、早よ元気なれよォ。公園でまたベッタンしょ」

茂はベッタンを清の枕元に置く。茂はその時、「うん」と清の首がコクリと動いたのを確かに見た。

その日の夕方、清はみんなに見送られながら、静かに息を引き取った。もっと楽しいことを一杯させてあげたかった。茂はまた「幸」と「不幸」に間に挟まれている薄い紙を思った。

京子はひとしきり泣いた後、気づいたように枕元にあった大ベッタンを清に握らせる。

「清、よかったなァ。お兄ちゃんの宝物もろうて」

清の手には握りきれず、手のひらからヒラリとこぼれ落ちた。

そのとき茂は、京子だけはどんなことがあっても幸せに成って欲しいと強く思った。窓の外は牡丹雪に変わり、十二月には珍しく町は雪に覆われた。

六

清の死以後、相徳さんは前以上に酒におぼれる生活になった。京子は学校へも行かず寒い家に籠もっていた。

母が訪ねて行って、何を聞いても京子は生返事をするだけで会話とはならないらしく、

「茂、お母ちゃんどうしてええか分かれへんわ」

帰ってくるなり玄関に腰をどっと落とし、ため息交じりで言った。

以前は、茂も清と遊ぶ口実で母と一緒に行くこともできたが、今は京子の家の前を通る度に、何気ないふりをしてそっと中の様子を見るくらいだった。中は薄暗く寒々として人の気配は感じられなかった。

冬が終わり春一番が吹きはじめた頃、茂は信じられない事を耳にした。昼休みの時、同じ組の川村が茂の肩を叩き、ちょっと、というしぐさをして、廊下の端まで連れて行かれた。川村は周りを確かめた後、

「学校休んどォ京子な、健司の兄貴らと付きおうとうぞ。俺、見てん」

京子と健司の兄・隆とその中学生グループが、波江市場の通り端にある玉突き屋「シカゴホール」に夜遅く入って行ったというのだ。この店は酒も出し、不良グループのたまり場にもなっている。

隆は、体も大きく腕力もあり、その体格から中学生には見えなかった。波江界隈では知らないものがいないくらい評判の不良で、かっぱらいや暴力事件などを度々起こし、周囲の大人も手を焼いていた。

「ほんまか！　嘘とちがうやろなァ」

茂は頭の中が真っ白になる。そんな事あるはずがない、あってたまるか。強く否定するが、なんでや、なんでなんや、その言葉が頭を駆け巡った。五時間目の始まりのサイレンが鳴り、川村が教室に戻っても茂は廊下の隅でうずくまっていた。

茂は母に言うべきか、迷った。いや、勇気を出して京子に直接問いただしてやろうか。それよりも本当に隆らと付き合っているのか、どういう関係なのかを確かめる方が先だと考えた。

その夜、ご飯を早めに食べ終えた茂は母に、「川村君の家で一緒に宿題をする」と言って家を出た。教科書とノートの入った袋を持って出たが、それは口実で京子を見張るためだった。

京子の家が見える曲がり角から顔だけを出し、人が来ると少し歩いたり、戻ったりで怪しまれないようにした。夜も更けてくると薄手のジャンパーでは寒さが身にしみ、もう一枚下にセーターを着ればよかったと後悔した。

十一時過ぎまで見張り、今日はだめだ、明日はとっくりのセーターも着こんで見張ろう、と帰りかけた時、京子の家の戸が開き、顔だけが外をうかがった後、京子が出て来た。幸子さんの服を着ているのだろうか、いつもの京子には見えなかった。すらっとした長身で髪も上げ、大人の服を着こなしている姿からは、子どもの気配が消えうせたようだ。

茂は京子と付かず離れず後をつけた。浜田公園を越え、そろばん学校とあの電信柱も過ぎ、やはり波江市場の方に向かっていた。人通りの少なくなった波江通りの所どころにある裸電球の街燈が、京子を浮かび上がらせたり、隠したりしていた。

赤い小さな点滅電灯で囲んだ「シカゴホール」の看板下のドアを京子は開けて入って行く。茂は走った。ドアの向こうは、茂の立ち入ることができない大人の世界。そこに京子は吸い込まれていったのだ。茂は京子を見届けるまでは帰らないと決めた。

深夜近くになってきた。チカチカと点滅する電灯を見続け、茂は寒さに震えながら見張った。一人二人と客は出て行った。暫くするとドアが大きく開き、二、三人の男と二人の女の姿が見えた。一人の女は間違いなく京子だった。しかし健司の兄・隆はいなかった。

次の瞬間、茂は思わず声が出そうになり、両手で口を強く押さえた。京子の横にぴたりと付いている男は、健司の父・辰三だった。

茂は何をどう考えてよいか分からなかった。辰三がどのような男なのかは、茂は聞き知っていた。心臓が早鐘のように打つ。ドアの前でみんなで立ち話をしている様子であった。手を上げ挨拶を交わした後、二手に分かれた。三人と二人。二人の方は間違いなく京子と辰三だ。茂は前以上に気づかれずに後を付けた。寒さは感じなかった。

深夜の波江通りには人影はない。辰三は京子の肩に手を回し歩いていた。ひたすら二人の背中を追う。

浜田公園まで戻って来ていた。まっすぐ行けば京子や茂の家の方であり、左に曲がれば健司の家に続いていた。左に曲がった。道に沿った公園には夾竹桃が生（お）い茂っている。大通りをはずれた脇道には街燈はなく、暗い道が続いていた。公園の道を挟んで健司の家だ。茂は公園の中側から後をつけ夾竹桃の陰に隠れて、二人の様子をうかがった。

どうすればいいのか。辰三は「務所帰りの辰」というふれ込みで土地のヤクザも一目置いていた。テキ屋を生業（なりわい）としているが、若いころショバをめぐる抗争で相手の一人を殺めて、刑務所に入った。

茂は体が震えた。京子は肩を抱えられ家に入って行く。茂は瞬（まばた）きもせず見ていた。叫んだ。

「京子ッ、行くな！」

辰三は声の方を振り向き

「誰や、出てこんかい」

低く腹から出たような声だ。茂は足が震えて動けず、喉が渇き声も出せない。

辰三は肩に怒りを現わし、大股で茂の方に向かいやって来る。

「このガキ！」

茂は襟首を鷲づかみにされ引きずり出され、強く転がされた。

「どこのガキや。なにこそこそしとんじゃ！」

転がっている茂の横腹を蹴りあげる。

「うぐッ」

茂は瞬間、目の前が真っ暗になる。腹が潰（つぶ）れるような痛さだ。呼吸ができなくなり、苦しさと痛みで転げ回った。

「殺したろかあ」

辰三の声が、もがきながらも茂に聞こえた。茂は辰三に腹を踏みつけられ、動きを止められた。また襟首を持ち上げられ、上半身だけを起こされた。もうろうとした意識の中で茂は（俺は死ぬんだ）と思った。

「おっちゃん、かんにんやからやめて。うちの知ってる子や。お願いやから、やめたって」

京子は走り寄り、襟首をつかんでいる辰三の腕を両手で押さえた。

「この子、あほなんです。……あほ！　あほお！」

京子は泣きながら、辰三の腕を押さえ続けた。辰三の襟首をつかんでいる腕の力が緩んだ。

「チェッ！　おもんな。おら、京子、行くぞ」

辰三は握っていた襟首を力任せに突き放った。茂はゴロンと横になった。

「こんど目の前に現れたら、殺ッそ」

辰三は捨て台詞を吐き、京子に背を押されながら家に向かった。家に入る直前に京子は後ろを振り向き、茂を見た。二人の後ろ姿を追っていた茂と目があった。京子は素早く目をそらす。

しばらく横たわっていた茂は痛みが和らいできた。散らばっている本やノートをかき集め、夾竹桃の幹につかまりながらそろりと立ち上がる。よろけながらも歩くことができた。

茂が家に着いたのは午前二時を回っていたが、玄関には明かりがつき、父も母も火鉢にあたりながら待っていた。泥や砂の付いた顔や服を見て、母は驚き、茂を部屋に抱え上げた。

　茂は部屋に暫く横たわっていたが、落ち着いた後、熱いお茶をゆっくりと飲まされた。もう遅いから明日話を聞くという二人に、今話を聞いてほしいと茂は昨夜からの出来事を話した。


　茂は浅い眠りの中で朝を迎えた。隣に眠る母も同じであったのだろう、明け方まで寝がえりをくり返していた。茂は体中が痛くて、学校を休むことを母はすんなりと了承した。母は京子と会って話を聞くという。茂も一緒に行くと言ったが、母はため息をつき、母一人で行った方がよいだろうと、独り言のように呟いた。きっと、子どもの京子ではなく、女同士の話になるからと思った。

　母は昼前に京子の家に出かけて行った。重い足取りで帰ってきたのは昼を過ぎた三時頃だった。玄関に腰を落としたまま「京子ちゃんの話し聞いてきたで……」とポツリと言った。

　母は途切れとぎれに話してくれた。清が亡くなり、京子は生きる張りが切れてしまった。相徳さんはますます酒におぼれ、死ぬのだと包丁を探し始めた。京子は家にいるのが辛くなり、波江市場の方にふらりと出掛けた時に、隆らと出くわし、結局は隆の誘いに乗った。京子は今の生活を一瞬でも忘れたいと思った。そして辰三が京子を奪ってしまったのだ。

母はまたため息をつき、後は茂が知っているとおりだと呟いた。

「京子ちゃんは、その後辰三の家に入ったが、やっぱりできないと、泣きながら振り切って逃げて来た、言うとった。茂の必死の思いと、最後に茂の目を見たら、自分は何をしているのかと恥ずかしく思ったそうや。茂の体心配しとったけど、大丈夫や言うたで。ほんでな、茂に、ほんまにありがとう、って、泣きながら言うとったわ」

京子はもうあんなことはしないだろうと、母は自分に言い聞かせるように言った。

その夜、京子がやってきた。

「ごめん、おばちゃんおる」

「まあ、京子ちゃん、よう来てくれたわ。お父ちゃんまだやけど、茂おるし、早よ上がり」

「お父ちゃん今しがた寝たから来ました。ほんまはもっと早こんな、あかんかったんやけど」

茂は京子を近くで見るのは久しぶりだった。少しやつれた感じはしたが、顔が以前の丸顔から瓜実顔（うりざねがお）のように変わりはじめ、透き通るような色白になり、鼻筋が相徳さんの様に通ってきた。茂は京子の横顔を見つめ、自分が子どもっぽく思えた。

「おばちゃん、今日は話を聞いてくれて、ありがとう。うち、みんな話して気持ちがすっきりして、何か元気が出てん。そんで茂君にも、ちゃんとお礼言わんなあかん思て。茂君、ありがとう。痛かったやろ。うちあれで、目が覚めたんやと思う。ほんまに、ありがとう」

京子は茂の方を向きなおし、ゆっくりと頭を下げた。京子が元気になったことが何よりもうれしかった。

七

李さんが、度々相徳さんの家に出入りするようになった。相徳さんの状態が日常生活に支障が出るくらい悪化しているようだ。京子一人ではどうしようもなく、専門の治療が必要だった。朝鮮人は国民健康保険に入れないため、違法とは分かっていたが、李さんの社会保険の健康保険証を借りて本人になり済まして診察を受けていた。それは母から黙っておくようにと堅く口止めされていた。

李さんからは仕事の前払いということで、僅かなお金の援助もあり、それで京子たちは生き延びているらしかった。李さんの家は波江市場を突き抜けて暫く行った古びた墓地の裏にあったが、バラック小屋のようなみすぼらしい家だった。

李さんが相徳さんを連れて突然夜にやってきた。李さんは、大事な話なのでもし近所に誰か信頼できる人がいれば、一緒に聞いてもらった方がよいということで、相徳さんからここを紹介してもらったのだと言った。その日は、父は仕事が定時で終わり、夕食後にみんなでテレビを見ているところだった。

「どうぞ、上がってください。相徳さん、あれから体、大丈夫でっか」

ちゃぶ台を片づけ、テレビも消して父は二人を招き入れた。母はお茶を出して、茂と一緒に隣の部屋に行った。三つのお茶を中心に三人が丸く座る。李さんは夜分突然訪れたことを、改めて詫びた。

李さんは大きな声で相徳さんに向かって言った。

「これ以上悪なったら、ほんま精神病院行きやで。死ぬ真似なんかしくさって。首吊ったひもが切れて助かったけど、お前もう死んでんのやぞ。相徳、分かってるのか」

首つり事件があってもう半月は経っていた。相徳さんはまだ首に白い布を巻き、うなだれたままだった。

父は腕組みをし、黙って話を聞いていた。茂は母に促されて、ちゃぶ台を出し宿題を始めたが、同じ問題を何回も読みながら、開いている襖の間から三人の様子をうかがった。

「相徳さえその気になれば、周旋屋の仕事をしようと思たらまたできるし、もし土方するんやったら紹介したるしや。お前一人だけちゃうで、残ってる京子のことも考えんなあかんで」

李さんはタバコを一本を取り出し、箱に吸い口をポンポンと打ちつけ、唇に運んでマッチを擦った。母は慌てて灰皿を隣の部屋に持っていった。フウーっと青い煙が立ち昇った。

「入院は保険証もお金もないしでけへんで。今度こんなことになったらなァ、前も言うたけど、プッチョソン、北朝鮮に行った方がええ。仕事も家ももらえるし、医者代もタダや。大学まで教育費無料やし、京子の将来考えても、そっちの方がええて」

茂は（プッチョソン？）と独り言のように繰り返し、母の顔を見た。母は唇を噛み、じっと話を聞いていた。

「ワシら南の出やけど北も同じ朝鮮や。日本で差別され苦労するんやったら、ほんで、同じ汗流すんやったら祖国で頑張ったほうがええ。『帰国』始まって四年たつけど、もう何万人も帰っとんねん。ワシも帰るつもりしてる」

それまで言うと李さんはタバコを大きく吸い込み、ゆっくりと吐きだした。

「ワシは日本におりたい。幸子や清が眠るここに居たいねん」

相徳さんが、絞り出すような声で言う。父はうなずくように湯飲みのお茶をすすった。

「相徳にそんな気持ちあるんやったら、明日から仕事にこい。気候もようなってきたし、死んだ気で働いたらええねん。いつまでも繰り返したらあかんで」

李さんは、灰皿にタバコの吸い殻を押しつけて、最後の言葉を繰り返し、父の顔を見て話を続けた。

「聞いての通りですが、すんません、こんなこと頼むん、ほんま厚かましいですが、ちょっと相徳の様子見てくれまへんやろか。すんなりといってくれたらええけど、本人もワシも心配でんねん」

「分かりました。私も相徳さんにはお世話になってまんねん。相徳さん、毎朝起こしに行きまっせ。よろしまっかァ」

父は相徳さんに向かって、わざと大げさに笑いながら声をかけた。相徳さんはコクンと上下に首を振る。二人を送って茂も外に出た。

きつい寒さは和らぎ、春の気配がしている。斜め向かいの相徳さんの家には電灯がついていた。そこに京子がいるのだ。どのような顔で待っているのだろう。

その次の日から、父は起きるとすぐに相徳さんの家に向かった。茂は玄関先まで出て聞き耳を立てた。

「おはようさん、起きってまっか。土方は朝早いから大変やけど、頑張りまひょ。えッ、弁当まで用意してある。京子ちゃん偉いね。何か幸子さんに似てきたな。相徳さん、こら頑張らんなあかんわ」

父は上機嫌でもどってきて、母に向かってけなげに尽くす京子を褒(ほ)めていた。茂はその言葉が嬉しかった。父は一週間ほど毎朝相徳さんの家に通った。相徳さんは弁当を持ち、地下足袋を履いて待っていた。

「いつも、ありがとと。もう来んでも、大丈夫や。酒もあれから飲んでへんし。ワシも後がないし、京子の為にも頑張らなあかんのや。明日から来んでもええで」

父は帰るなり、「元気になったから、明日から来んでも大丈夫や言うとった。このままいってくれたらええんやけど。京子ちゃんも喜んでいるし」、と言いながらちゃぶ台の前に座った。

京子はこの頃は学校を休むこともなく来ていると、父の言葉に続けて茂は弾んだ声で言った。


学校中庭の桜が五分咲きになっている。四月からいいことばかりが、始まるような気がした。

春先は雨が降り続いたり、嵐の様な突風も吹き、せっかく咲いた桜も一夜のうちに散ってしまうことがある。雨が降ると相徳さんの仕事は休みになり、どこ行くあてもなくうつうつと一日中家に籠もっている。そんな雨の日朝早く、京子が茂の母に会いに来た。

「おばちゃん、お父ちゃん一人置いて学校に行くの不安やねん。悪いけど、時々家、お父ちゃんおるか見てくれへんやろか」

玄関に入り、傘をたたみながら京子は言う。そして包丁やロープ・縄類は縁の下奥に隠してあると、小声で母に言っていた。

「わかった。内職の合間みて、見てるさかい、学校行っておいで。ほんまにこの雨、早よ止んだらええのになァ」

母は京子を送り出しながら、黒い空を見上げて言った。

雨と風は、時間がたつにつれて更にひどくなってきて、教室の窓は風雨に叩きつけられていた。六時間目が始まって暫くしたころ、急用で母が学校に来ている、すぐに職員室に行き一緒に帰るように、と係の先生が教室に来た。鞄を抱え急いで職員室の方へ行くと、そこには京子も来ていて、母と深刻な顔をして話をしていた。

「相徳さんがおれへん。昼ごはんのおにぎりを持って行ったときはおったのに、さっき見に行ったらおれへん。ほんでなァ、酒の瓶が一本空になっとったんや」

母のスカートは雨にぬれ、裾(すそ)からは滴が垂れていた。

三人は手分けして風雨の中を探しに出た。校舎から出ると雨と風は予想以上に強く、まるで台風の様だった。ときおり稲光がはしり雷鳴がにぶく響く。校舎塀の夾竹桃は激しく揺れていた。茂は傘を斜めにさし、体を丸めて風に抗いながら歩いたが、雨は容赦なく茂を濡らした。

茂はどこよりも先にそろばん学校横の電信柱に向かった。人通りのない道路の先に風雨に激しく打ちつけられている電信柱がかすんで見えた。よく見るとその根元に黒い塊のようなものが見えた。「えェ!」茂は傘と鞄を投げ捨て駆けた。

その黒い塊は電信柱にとぐろを巻くように、腰を折り半円になっていた。

「おっちゃん! 相徳のおっちゃん!」

茂は激しく肩を揺すった。濡れた髪の毛が顔に垂れ、雨が激しく叩いている相徳さんの目は閉じられたままだった。左手首から流れた血は雨で田んぼ側に流れ落ちていた。右手の横には倒れた四合瓶と包丁がしぶきの中にあった。

八

遺書はなかった。昨夜の春の嵐がうその様に晴れ上がっていた。警察の鑑識が終わった後、遺体は警察の車で相徳さんの家に運ばれた。布団が敷かれ、変わり果てた相徳さんが帰って来た。

京子は遺体にすがり泣き崩れていた。茂は、京子はこれからどうなっていくのか。一人でどう生きていくのだろうと、京子の震えている後ろ姿を見て、ぼんやりと考えた。

葬儀の連絡はせず、型どおりのお経と、近所の来てくれた人だけが焼香をした。葬儀はあっけなく終わった。

葬儀が終わった後、李さんが、京子、父と母を交えてこれからのことを相談したいと言ってきた。茂はその場に居続けて、京子を見ていた。

「京子ちゃんのことやけど、親戚もおれへんし、まだ一人で暮らしていかれへんし、どないしたらええもんか」

そこまで言って李さんは黙ってしまった。京子はうつむいたままだった。みな押し黙り、重い沈黙が流れた。

「こんなときに、すぐに言うの気も引けるけど、ワシ、いろいろ考えたんやけど。もちろん京子ちゃんの気持ちが一番大事やけどな」

李さんは一旦言葉を止めて、京子を見た。

「うちの子になって、北朝鮮に帰れへんかな思て。うちはもう帰国の申し込みが済んで、日にち待ちの状態で、近ぢか連絡が来る予定や。うちは今は貧乏やけど、北朝鮮は社会主義の国やさかい、何の心配もいらん。うちには十七歳になる一人娘がおるさかい、妹ができた感じや。実はうちの家の者には事情を話している。京子ちゃんさえよかったら、ええでと言っているんや」

李さんはみんなの顔を見回した。

茂は京子の様子をうかがいながら、ぼんやりと考える。(北朝鮮てどんな国なんか、どこにあるのかもよく分からへん。京子は確かに朝鮮人やけど日本で生まれて大きなったから、中身は日本人やと思う。京子が朝鮮語を喋ってるの聞いたことないし、絶対分かれへんと思う。そんなんでそっちで暮らしていけんのかな)。

茂は京子から「行かない」という言葉が出ることを祈った。(行くな、京子)茂は念じた。父も母も押し黙ったままだった。みんな京子の言葉を待っているようだ。

京子からの返事は聞けなかった。というよりも、一言も声を出さなかった。

「そら無理もないわ。まだ子どもやのにどっちにする、というのは酷な話や。まだ時間がある、じっくり考えたらええと思う。京子ちゃん、この家は一人では寂しい。今日はうちに来たらどうや。娘の順子は楽しみにしとんねん」

李さんは胸のポケットからゆっくりとタバコを取り出し、いつものようにポンポンと打ちつけ、口にくわえてマッチを擦った。母が灰皿を見つけ、李さんの前に滑らす。李さんは大きく深くタバコを吸い、ゆっくりと煙を吐き出した。鼻からも二本の太い煙が出た。

京子はその後、李さんに促されるままに、少しの着替えや歯ブラシなどを袋に詰めて李さんと一緒に行った。

次の日から京子は李さんの家で寝泊まりするようになり、学校もそこから通った。母は、一人でポツンと家でいるよりもその方がいいと言った。京子が服や必要な荷物を家に取りに来るときは、李さんの娘の順子さんも手伝いに来ていて、時々茂の家にも寄った。

「おばちゃん、こんにちは。順子さんも一緒やねん」

順子さんは丸顔でずんぐりしていて、背は京子の方が高かった。

「あら、いらっしゃい。今お茶入れるから。茂、内職の段ボールちょっと横に寄せとって」

母は、よいしょっと立ち上がり、台所にお茶を注ぎに行った。

「あんたが茂君か、京子ちゃんがいなくなって寂しなるなァ」

京子が今家から離れていることを言っているのか、北朝鮮に行くことを言っているのか？　きっと北朝鮮に行くことを言っているのだ。

　母がお茶と昨日作った蒸しパンを持ってきた。

「おばちゃん、あんな、うちあれからいろいろ考えてんやけど、北朝鮮に行くことにしてん」

　京子は湯飲み茶わんを持ちながら言った。茂は（やっぱりそうなんや。やっぱり……）と言葉が頭の中を何回も駆け巡った。母は京子の顔をまじまじと見たまま、

「決めたんか、ほんまに行くんか」

「順子姉ちゃんは、朝鮮の高校に行ってんねん。北朝鮮のことよう知ってるし、社会主義のことも教えてもうてん。うち日本で生まれたけど、朝鮮民族の血流れとうから、やっぱり朝鮮人として生きなあかんねん。そんなことも教えてもらってん」

　母は「そうかあ」と言ったきりで、お茶をごくりと飲み込んだ。茂は、「社会主義」や「民族の血」など難しい言葉が京子の口から出て、話がよく分からないけど、胸がどきどきした。京子は変わった。うまく説明できないが茂はそう感じた。

　その夜、李さんと京子が茂の家にやってきた。北朝鮮に帰る話だった。

「京子も決心してくれたし、一緒の家族として行くことにしました。ここに居てもええこ

となぃしな。八月十五日・解放記念日は北朝鮮で迎えられそうや」

李さんはタバコをいつものようにして吸う。灰皿は来た時から準備していた。

「正直、行ってみな分かれへんけれど、今は信じるしかない」

李さんは自分に聞かせるように言った。

「おめでとう、と言うべきか、よう分かれへんけれど、決まったからには頑張ってと言うしかないわ。京子ちゃんもよう決心したな」

父は胡坐を組み直し、京子を見た。京子は恥ずかしそうにうつむいた。

「七月の終わりころに出るねん。大阪駅から新潟まで帰国者のための特別列車が出るから、それに乗る。新潟の赤十字センターで四日間過ごして、船で北朝鮮に行く寸法や」

李さんはまたタバコを大きく吸った。

「もうひと月もないのか。京子ちゃん日本もこれで最後になるかも知れん、なんか欲しいもんとか、行きたいとこないのか。ほんま、茂とは兄弟のように大きくなって、茂も寂しなんなァ。何でも遠慮せんというてみてん」

父は李さんの斜め後ろに座っている京子に向かって、大きな声で尋ねた。京子は「なにもありません」と小さな声で答えた。

李さんと京子が帰る時、母は「京子ちゃん、ちょっと」、と声をかけ隣の部屋に一緒に入った。李さんと父は話の続きをしていたが、茂は襖の隙間から隣の部屋の様子を見ていた。

母は京子をしっかり抱きしめ、「ほんまに行くの、ほんまに行ってしまうの」、と小声で繰り返していた。京子は、黙って大きくうなずいた。母は目頭をそっと拭い、タンスの上から二番目の引き出しを開け、詰まっている服をめくりあげ、マッチ箱くらいの大きさの箱を取りだした。

「これな、おばちゃんに女の子が出来て、お嫁さんに行くときにやるつもりで大事に置いとったもんやけど。おばちゃんもなァ嫁入りのとき、うちのお母さんからもうたんや。京子ちゃん、持っていき。遠慮はいらん、おばちゃんの気持ちやし、いざという時に役に立つ。自分だけで持っときよ」

その小さな箱から指先でつまみ出し、京子に握らせた。金の指輪に見えた。京子は指輪を返そうとしたが、母はその指輪を京子のスカートのポケットにねじり入れた。

「ああ、ほんまに行くんや」

母は京子をまた深く抱きしめた。すすり泣くような静かな声が二人から漏れた。茂は大声を出し泣き叫びたい衝動を唇をかみしめ堪える。茂は世界中の時間が止まったように感じた。

「京子、ぼちぼち帰ろか」

李さんの声がしても二人は抱き合ったままだった。暫くして母も京子も何事もなかったように襖を開けて出てきた。

九

それから何日かして李さんが来て、明日の朝九時に国鉄尼崎の南口広場で尼崎地区の帰国者の壮行会があり、その後大阪駅に向かうとの知らせを受けた。夏休みが始まり二日目のことだった。

父も仕事を休ませてもらい、母と三人で八時には家を出る。朝から夏空が広がり、蝉が鳴き声を競い合っていた。

相徳さんの店は戸も閉められ、借家の張り紙が貼られていた。

両親といっしょに出かけるのは久しぶりだったが、楽しい気分にはなれなかった。浜田公園前を通り、そろばん学校と横の電信柱を過ぎ、左に曲がり学校と石綿パイプ工場の間の夾竹桃のトンネルを過ぎ暫く行くと、木造二階建ての駅の建物が見える。公園もトンネルも夾竹桃が今を盛りに赤い花を付けていた。

駅広場の周辺にも夾竹桃の花が咲いている。九時にはまだ少し時間があったが、すでに人が集まっていた。李さん一家も広場隅の夾竹桃の陰にかたまっていた。

京子はすぐに分かった。薄桃色の朝鮮の民族服を着て、スカートが風に揺れていた。茂は京子に向かって歩き、京子を見続けていた。

順子さんも、おそらく李さんの奥さんと思うが、その小太りの女の人もみな民族服を着ていたが、京子のところだけが光って見えた。

「京子ちゃん、すごく似合うわ」

母は、李さん一家みなに聞こえるように、近づきながら大声で言った。

「あッ、おばちゃんや。これチマチョゴリ作ってもうたんよ。今日初めて着んねん」

京子は嬉しそうに、手を広げてバレリーナのようにくるりと回り大輪を咲かせた。

尼崎では今回は三十名ほどが帰る。関西圏は大阪駅に集合で特別列車が二両出る。荷物は予め新潟の赤十字センターに送っている。父と李さんの会話からそんな事が分かった。

「キグッチャヌン　ヨギ　モヨジュセヨ。帰国者の人はここに集まってください」

北隅に居た人が朝鮮語と日本語の大声を上げ、両手で旗を振っている。その人の両横には朝鮮語で書かれた長さ三、四メートル程の横断幕があり、その各端を人がピーンと引っ張っていた。バラバラにかたまっていた小さな集団は旗を振っている人の前に集まって行った。茂の家族も李さん一家と一緒に北隅の方にぞろぞろと移動した。茂は指をさし、順子さんに「あれなんて書いてんの」と聞いた。

「左はな、『朝鮮民主主義人民共和国、万歳』。右は、『偉大な首領 金日成元帥、万歳』や。そんでな、旗は、共和国の旗や」

順子さんはハンカチで顔の汗を拭いながら言った。

旗を持っている人の話が始まったので、茂は「金日成て、誰や」という質問は出来なかった。朝鮮語で話しているので、話の内容は分からなかったが、時々大きな拍手が起こり、最後に「万歳」が二回唱えられた。アコーデオンが鳴り、みんなで歌をうたいはじめた。順子さんは同じ学校の友達なのか、何人か集まって体を揺すって歌っている。朝鮮語で歌っていたので、なんの歌か分からなかったが、とても勇ましい曲だ。

「いよいよお別れや。ほんとうに、いろいろとお世話になりました」

李さんは茂の両親に深々と頭を下げた。

「みなさん、体に気を付けてください。落ち着いたら手紙くださいね。京子ちゃんをよろしく頼んます。京子ちゃんも手紙ちょうだいね」

父は京子の頭をなでた。

「おっちゃん、おばちゃん、ありがとう。この箱の中にお父ちゃん、お母ちゃん、清の骨が入ってんねん」

京子は、手さげ鞄からハガキ大くらいの白い木箱を取り出した。

「昨日この箱持って、私らの家、よう遊んだ浜田公園や夾竹桃のトンネル、そんであの電信柱も最後や思うて回ってん」

京子は箱を両手で大切に抱える。

「京子ちゃん……これが最後やな」

母は、泣きながらまた京子を抱きしめた。箱からコロと音がした。

帰国者たちは、指示の大声に従い、改札口の方にぞろぞろと移動し始める。

茂は、京子に何か言わなければ、このままで別れたくない、心臓が高鳴った。その時、京子が振り向き、「茂君、ちょっと」、茂の手を強く引いて、ゆっくりと移動している人の流れから外れ、建物の陰の方に引っ張って行く。

「茂ちゃん、言いたいこといっぱいあるねん。

好きやってん、ずっと。

ほんまは、ほんまはな、行きとうなんかない。ここで、ずっと暮らしたい。行きとうない！」

京子の目からは大粒の涙がぽろぽろ流れ落ちる。茂も涙があふれ唇が震える。駅の方から李さんの京子を呼ぶ声が聞こえる。

「もう行かなあかん。茂ちゃん、ありがと」

京子は急いで涙をハンカチで拭き、唇をキュッと結ぶ。そして、茂の手を握った。茂は強く握り返し、見つめあう。李さんの声がまた聞こえた。京子はゆっくりと手を離し、振り返ることなく小鹿のように飛び出して行った。茂は握り合った手をじっと見つめた。

プラットホームは人でごった返していた。旗を振る人、横断幕を引っ張る人たちは自分の持ち場があるように、人ごみの中心にいた。やがて大阪方面の電車が入り、帰国者やその関係者は電車に乗り込んだ。その車両だけが人で埋まった。

「……！　……！」、朝鮮語が力強く繰り返され、旗が激しく振られて、万歳、万歳と両手が何回も上がった。

李さん一家は人を押し分け、電車の入り口側に来ていた。京子の顔が見えた。茂も母も人をかき分け前に出る。やがて発車のベルが鳴り、ドアは静かに閉まった。

京子は左手で白い箱を抱き、右手を戸のガラスに張り付けた。人々の声は激しさを増し、旗は千切れんばかりに振られ、万歳は留まる事を知らなかった。茂と母は京子の手に触れようと手のひらを近づけたとき、ガタンと車両は動き出した。

茂は叫んだ。京子も何かを言っていたが、聞き取れなかった。京子の唇が、目が、顔が遠ざかって行く。

電車はホームを滑り、やがてレールの先に消えた。

了

※本作品は二〇一六年度・第三七回大阪文学学校賞（小説部門）奨励賞受賞。

ボクらの叛乱

一

「こらあ、寝てるやつ、起きんかえ」

僕は睡魔と闘い、ときどき指でまぶたを広げる。

三年になると工業高校では専門科目の授業が増える。カタイ専門用語が並ぶ「金属材料」の本山先生の授業は、不幸なことに二回とも五時間目にある。

昼ごはんが体内で睡眠薬に変貌(へんぼう)し、至福の時間を強要する。おまけに春先のポカポカ陽気はそれに拍車をかけ、クラスの大半はよだれを垂らさんばかりに船を漕いでいる。頑張らなあかんねや。ミミズが這うような字だが必死でノートをとっている。

「炭素鋼の熱処理で、Ａ３変態点の温度を過ぎると全ての金属組織は何に変わるんや？　分かる人は」質問は虚しく空中を舞う。

「オーステナイト。純鉄では九一〇度、炭素量〇・八五％の共析鋼では七三〇度、これ変態点の温度や」

僕は手も挙げずにぶっきらぼうに答えた。初老の先生がかわいそうに思えたからだ。

「おッ、ちょっと待て。……温度も合ってるやん」教科書を確認して先生は顔を上げた。

授業終了後、つかつかと先生は僕の席までやって来た。「吉川、昌明やったかなあ。お前、炭素量までよお知っとたなァ。ワシでもそこまで覚えてない、まいったわ」

顔を近づけられ言われたとき、僕は反射的に顔を遠ざけた。噛み合わせの悪い入れ歯の隙間から唾が飛んできそうだから。

それから先生は廊下で擦れ違う時などに立ち話をしてきた。背の低い先生のポマード頭を見下ろす格好となり、甘ったるい臭いが鼻をついた。

昼休みの時間、廊下で出くわしたとき本山先生は顔をよせ小声で聞いてきた。

「テョースェンゴ、少しは分かるんか」

空気が抜けたような滑舌（かつぜつ）の悪さもあり、僕は何を言っているのか分からなかった。

「えッ、今なに言いました。チョウセンゴ？」

先生の顔を見ると同時に廊下を行き来する子らに聞かれていないかと、素早く見渡した。幸い聞こえる範囲には人はいなかった。

「担任の奥原先生から君が朝鮮籍やって聞いたんや。話したいと思とってん」

僕は黙ったまま横を向き、窓の遠くに見えるグラウンドのバックネットを見た。

「先生なァ、朝鮮語が喋れんねん。三十年位まえ、戦前やけどな、今の北朝鮮にあるオーリョッコ水力発電所で働いとったんや。鴨緑江、知っとおかあ」

先生は顔をあげて、僕の目を見てきた。

「そんなん知りませんし、僕と関係ないです」

早口で答えた。ムキになっているのが自分でも分かった。逃げる様にその場から離れた。

僕を苦しめてきたのは、「チョウセン」だ。またあの光景が浮かんだ。小学校四年で、岡山の田舎で暮らしていた時のことだ。

お釈迦さま誕生の花まつりの日には、お寺に行くとお菓子が貰（もら）える、ということが学校で噂されていた。村はずれにある、吉井川沿いの土手にへばりついている朝鮮人集落の仲間五人はくっつき合い、いそいそとお寺に出かけた。空高く雲雀(ひばり)がゆったり旋回している。

「おまえら土手の者やろ。あかんで、帰り帰りい」

境内に入った途端、お菓子を配っている青い法被(はっぴ)を着た男が手の甲で払い、追い散らすように言い放った。五人は、その場にいた人たちの視線を一斉に浴びた。その切っ先のような目を忘れることができない。

二

新学年度が始まったばかりだが、僕は就職試験を翌月に控えていた。企業からの求人応募率は、南摂(なんせつ)工業高校が阪神工業地帯の中核都市にある戦前からの伝統校であることや、来年、一九七〇年に開催される大阪万博も追い風にもなり高かった。

「本校は、すでに生徒一人当たり十三社の求人がある」校内就職説明会のとき、進路指導部長である本山先生は、いつもよりポマードをてかてかにつけたオールバック姿で、唾を飛ばし叫んでいた。

就職希望の僕は三年になってすぐに校内推薦を受けた。推薦を受けたのは二名で、もう一人は同じ機械科三組の古田だった。大和熱学工業という空調設備関係では一部上場のトップクラスの会社である。校内推薦第一号だった。

「校内推薦を受けて、あの会社、今まで落ちたやつはおらへんで。お前ならできる、頑張れよ」

推薦を受けた日、進路指導室にひとり呼ばれた僕の肩を叩き、本山先生は真っ白い前歯を剝きながらニーと笑った。

昨年も二名推薦され、採用されていったのを僕は知っている。その内の一人は同じ柔道部の富山先輩だった。勉強もよくでき、柔道も強かった。それでいて思いやりのある富山先輩に憧れも感じていた。

その先輩と同じ職場で機械設計の仕事ができるかもしれない。僕は図面を描いている自分の姿を想像し、希望に胸が膨らんだ。

次の日、本山先生から僕と古田が呼ばれ、昨年採用された先輩に直接会い就職試験の様子を聞いた方がよい。毎年そうしている、という指導を受けた。

「富山は同じ部活やっとったし、古田もそれでええな。よっしゃ、富山に今度の日曜に二人行くからと連絡しとくわ」

日曜日、昼の一時に古田と中池公園の噴水前で待ち合わせをした。僕の家から公園までは近かったが、古田の家からは自転車で四、五十分はかかり、まだ来ていなかった。水しぶきが春の日差しの中できらきらと輝いている。

大丈夫だろうか……。僕は推薦が決まってから不安が現実的になり、一人になると時々やりきれない思いに襲われる。

幼な友達の良基（よしき）は三月に同じ南摂工業高校を卒業していった。岡山の土手で共に育ち、親同士が釜山の出身ということで身内のようなつき合いだった。

今年の正月も、親と一緒に良基の家に新年の挨拶に行った。挨拶のあと、良基に二階の部屋に連れて行かれた。

「あんな、就職、やっぱり俺ら、大きな会社は無理やで。採用せえへんから送らんとって、学校に言うてきよる会社もあるんや」

まだ就職の決まっていなかった良基は吐き捨てるように言った。下の部屋からは楽しそうな笑い声が上がってくる。

「オトンと一緒の谷元土建に行くのん決めたで。金ためてダンプ買うんや」ふんっと、息を吐いた小さな笑いが、寂しい声に聞こえた。

キィーとブレーキ音を響かせ「ごめん」と古田が来た。家はすぐに見つかった。小さな門があり塀に絡まった蔦（つた）からは新芽が吹いている。

「すいませえん、富山先輩おられますかあ」

二人で大きな声を出した。

「おう、待ってたで」と中からすぐに声がし、引き戸が開けられ玄関の外に出てきた。坊主姿の印象しかなかったが、今は髪の毛も伸び櫛（くし）できれいに分けてあり、それだけで大人の感じがして眩（まぶ）しかった。

「本山先生から聞いてるで、公園で話しょか」

先輩はゴムサンダルを突っ掛け、三人は公園に向かった。

葉桜の下のベンチに先輩を真ん中にして腰を掛けた。先輩は背もたれに両手を広げ足を組んだ。

「大丈夫や。……あんな、誰にも言うたらあかんで。毎年、会社はなァ、学校からのお勧め品は採りますよ、その代わり、いいの送ってくださいよと、そんなんあるみたいやで……」左右二人の顔を交互に見た。

「そやから試験でよっぽどへません限り、ＯＫや」

言いながら足の甲を跳ね上げ反対に組み直した。

「試験はな、一般教養と数学、クレペリン検査、それと面接があんねん。数学は二次方程式と関数の問題が必ず出るで。俺も前の先輩から聞いたけど、やっぱり出とったわ。面接は、一人で試験官三人や。どんな社会人になりたいですか、この質問、絶対出るからな……」二人は頷き(うなず)ながら、先輩の話を一言も漏らさずメモを取った。

仕事以外にもいろんなサークル活動があり、柔道部もあるそうで、「吉川また一緒に柔道やろな」と先輩は座りながら、腕だけ背負い投げの真似をした。

三

町の東側には神崎川が流れ、その川沿いに隣接して広大な製紙工場がある。二つの大きな煙突からは、一日中勇ましいほどに煙が上がっている。その工場用地の隅に二軒の家があり、そのうちの一軒が僕の家だ。

家の下にはその工場からの排水が流れている大きなパイプが家と平行に埋まっている。父が言うには人が立って入れる程の大きさらしい。その廃液がパイプから染み出ているのか、家の周囲には卵の腐ったニオイというか、独特のすえた臭いが湧き、漂っている。

夜中に目覚めた時など耳をすませると、二十四時間稼働している工場からの排水がグォーという低い音をさせ、まるで地の奥底から響きあがってくるようだ。

先輩らと会った夕方、僕が家に帰ると奥の薄暗い六畳の部屋で父が一人テレビを観ていた。家は六畳と三畳程の炊事場でそれが縦に繋(つな)がっている。板を張り合わせたような細長い作りで天井がない。

「アボジ、ただいま。オモニはまだ仕事やなあ」父は肘枕をしていたが、体を起こし胡坐をかいて、煙草や灰皿の入った小箱を引き寄せた。

「昌明か、おかえり」マッチで火をつけながら言う。顔だけがボーと明るくなった。僕は水道の蛇口をひねり、コップに水が溢れるまで満たして一気に飲んだ。


僕が小学校五年生の時に尼崎市に引っ越してきた。良基家族が尼崎に出ていい暮らしをしているという噂話を聞いて、父はその気になった。

「岡山におってもまともな仕事もないし、どこに行ってもこれ以上悪なれへんやろ」貧しい田舎での生活に見切りをつけ、仕事のある都会に行きたかったのだ。

仕事口はいっぱいあると、父は引っ越しのために借りたトラックを運転しながら言っていた。しかし、仕事はなかなか見つけられなかった。

ある日、父はラーメン屋台を曳いてきた。チャルメラを吹き、薄汚れた前掛けで近所を練り歩く姿はみすぼらしく、恥ずかしかった。友達には絶対知られたくない。「普通の会社員」として働いて欲しい。僕は考えたくはなかったが、それは日本人ではないからだとひとり思った。

その後、屋台のお客さんの口利きで、車の免許があるならと小さな運送店を紹介してもらった。「これからは毎月決まったお金が入るで」と母に嬉しそうに話していた。

ところが、工場で運搬をしたときに荷積みしていたクレーンから鉄パイプが外れ、下にいた父に落ちてきた。避けようとしたが転倒し、直径が一メートルはある鉄パイプが右足にめり込んだ。外部業者で安全靴を履いていなかったこともあり、特に膝（ひざ）から先は豆腐のように潰れ、治療しようもなく、結果的に切断となった。僕が中学二年の時で、神戸の海沿いにある救急病院に母と駆けつけた。

体は回復したがアクセル、ブレーキの操作ができない。義足を付け助手として働かせてもらったが仕事にならず、小さな運送店で働く他の人の足手まといになるのを感じ、身を引いた。

愚痴（ぐち）を言わない父だが、酒が回るとその事故の顚末（てんまつ）を繰り返し、右腿（もも）を叩きながら「足一本が二十万円か」と呟く。生活費は母が駅前にあるホルモン焼きの呑み屋で働いて賄（まかな）っている。工業高校に行くことを決めたのは父が足を切断した時だ。良い就職条件で早く働かなければと進学校への迷いが吹っ切れた。

僕が校内推薦を受けた時、何よりも喜んだのは父と母である。「設計士か、白いワイシャツ着てする仕事やぞ。母さんよかったなあ」もう入社が決まったように、珍しく父の声が弾み、母も笑顔だった。

富山先輩と会った三日後、僕は決心して放課後に担任の奥原先生に相談に行った。奥原先生は三年間ずっと担任で、僕の家の事情もよく知っている。小柄だが、がっちりした体格と日焼けした顔は長年登山部の顧問をしているからだ。

初めての子どもがやっと生まれたと、三年初めの学級会で言っていた。「先生やったやん」教室中、大きな拍手が起こった。

二年の時、夏頃の昼休みだったと思う。運動場でばったり会った奥原先生が、いきなり相撲を取ろうと言いだしてきた。

「お前といっぺん相撲がしたかったんや、ええ機会や」ハハハと高笑いし、運動場の隅にある幅跳び用の砂場に、背中を抱えられるようにして連れて行かれた。

「吉川、市内大会で優勝したそうやて。ヘェ、どんなんかワシが見たる。勝負や」

先生は裸足になりズボンを膝まで捲(まく)りあげて、しこを踏んだ。僕は気乗りはしなかったが、仕方なく同じように裸足になりズボンを捲りあげた。

先生と生徒との相撲対戦が物珍しいのか、幾人かの生徒たちが取り囲み見物していた。先生は左右の手の平に唾をペッペッと吐きかけ揉みながら、首をカクン、カクンと左右に振った。

僕は先生よりも体は大きかったが、一気に持っていかれた。腰が並はずれて強い。僕は体の砂を払い、二番目、本気になった。がっぷり四つから投げの打ち合いとなり、足が宙に舞い二人とも頭から砂に落ちた。おおー、と周りからどよめきが上がった。

「うわ、負けてもた」

「僕の手が先に付いたわ、先生」

二人とも汗まみれの顔と髪の毛に付いた砂を叩きながら言った。

僕は無性におかしくなった。なぜか体の奥から沸々とこみ上げてくる。笑いを懸命に堪えたが栓が飛んだように、クククッ、と体をよじらせ笑い転げた。

「なにが、そんなにおもろいねん」と言いつつ、先生もつられて吹きだした。

校舎からチャイムが鳴り響いてきた。二人笑いながら急ぎ足で教室に向かう。

奥原先生のような兄貴がいたら心強いだろうなと密かに思った。

職員室を探したが不在で、聞くと機械科実習室にいるということだった。

中庭を抜けた北側に実習棟があり、一階に機械実習室がある。入り口の大きな観音開きの鉄扉を両手で押し開けるとモータ音がして、先生は前かがみになりながら旋盤で作業をしていた。入り口付近に旋盤が二十台ほど、奥には他の工作機械も設置されている。工場のような広い実習室には先生以外は誰もいなかった。扉を開けた僕に気づいたのか、旋盤が止まり、モータの回転音が徐々に小さくなっていった。

「ネジ切り作業の授業準備や」実習室内の窓側にある長椅子に座り、油の染みこんだ軍手を脱ぎながら言った。僕は横に座った。普段は機械音で騒がしい実習室が静けさに満ちている。

「何かあるんか」軍手を片手に握って静かに口を開いた。

「あんな、推薦受けたけどな、ほんまに入れるんか」実習室に上擦(うわず)った声が響いた。

「……大丈夫や、学校から推薦しとんやから。向こうもお前が日本人違うこと知ってるし、もしアカンかったら言うてくるはずや」先生は腕組みをして、一語一語に頷(うなず)きながら話した。

「今回の推薦は、お前が校内の推薦基準に達成しとったこともあるけど、選考で本山先生の後押しが大きかったんや。あの会社はみんなが行きたいからな」

「本山先生が?」僕は先生の顔を見直した。これはここだけの話やぞと断り、話を続ける。

「会議では反対意見も少なからず出た。基準達成している他の生徒もいる、なんでわざわざ推薦するのかと。最終的には部長の本山先生の判断に任されたんや」

本山先生はなぜそれほど、僕のことを考えてくれるのだろう。

「本山先生はな、大学を卒業して朝鮮にある東洋拓殖(たくしょく)会社に技師として入った。その関連会社の鴨緑江発電所で働き、それから終戦は朝鮮製鉄所で迎えたそうや。三十五歳までの十年間は朝鮮で暮らした。そこで何があったか知らんけど、本山先生は朝鮮の子には声をかけて、面倒をみてきている」僕は廊下でムキになって反発したのを思い出した。

「そやから、今は信じて頑張るしかない」

僕は膝に置いた手を握りしめる。僕だけは「特別な朝鮮人」として生き抜いてやる。日本人以上に頑張らなあかんのや。親のためにも、自分のためにも。

「先生、頑張ります。絶対通ります」

不安を追いやるように、きっぱり言った。

グラウンドからは、野球部のボールを打つカーン、カーンと鋭い音が鳴り響いた。

四

「昌明、頑張ってこいや」

薄暗い奥の部屋から、父の声が聞こえる。

「落ち着いて頑張りや。卵焼きいっぱい入れとったからな」母は弁当を僕に渡し、学生服の肩の埃を払うように力強くパンパンと叩いた。

玄関を出て車道まで母は黙ってついてくる。「もうええで」と僕は一言いっただけで後ろを振り向かず歩いた。ここまで来ると工場廃液のすえた臭いは追いかけてこない。あの腐ったニオイから逃げ出すことができる日にするんや。僕は足もとの小石を蹴飛ばし、正面を見据えた。工場の塀沿いに植えられた夾竹桃の尖った葉が朝の風に揺れている。

国鉄尼崎駅の南改札口で七時半に古田と待ち合わせをした。仕事に出かける人たちに見え隠れして、小柄な古田はすでに改札口横に来ていた。本を開き見入っているメガネの横

顔は真剣だ。古田は全国工業高校製図コンクールの機械製図部門で、兵庫県で入賞した二名のうちの一人だ。僕が声を掛けると、

「何か見ていたほうが落ち着くのや。二次方程式と放物線の焦点座標の問題出る言うてたなあ」

はにかみながら古田は数学の教科書を閉じた。

「あれ、あそこ、ポマード違うんか」古田は通りの方向を見て指さした。本山先生が自転車を駅横のポストに止めて、改札口の方に小走りで向かって来る。二人を見つけて笑い顔で手を上げた。

「ああ、しんど。間に合ったわ」はあ、はあ、と息を荒く弾ませる。額にはうっすらと汗をかいていた。「何も言うこと無いけんど、頑張ってな、吉川。古田もやで」垂れていた前髪を手の平でコテのように捏ね上げた。

「先生、わざわざ有難う。僕ら頑張るで、なあ古田」

改札を過ぎ、振り返って本山先生に手を振った。先生は握った右拳を振り上げ、口真似だけのエイ・エイ・オーをくり返していた。

試験は大阪・梅田にある九階建ての関西支社ビル三階で行われた。周りは大きなビルが

建ちならんでいる。

会議室のような部屋で、机が並べられてあり、その上には受験番号の紙が貼られてあった。受験者は十名ほどいた。僕の前が古田の席で肩が強張(こわば)っている。

午前中の筆記試験が終わったあと、昼食もこの場で取るように言われた。めいめい鞄から弁当を取り出し静かに食べ始める。いろんな匂いが部屋にこもった。僕は卵焼きの味もよく分からなかった。暫くして古田がゆるりと首だけを後ろに回した。

「どうやった。数学、やっぱり出とったなァ」

ひそひそ声で話しかけてきた。

「まあまあ出来たで、古田はどやった」

僕は箸を置き、顔を寄せ、同じようにささやいた。「へま、してないと思うで……」顔を見合わせた二人から自然と笑みがこぼれた。

本山先生の特訓を受け、反復練習した予想問題がかなり高い確率で的中したことが二人のほほ笑みとなったのだ。

模擬面接も繰り返し練習した。練習で一つでも間違えると、もう一度と、初めから何度もやり直した。しかし、やってもやってもなぜか不安が拭えなかった。

面接が始まった。一人ひとり呼ばれて隣の部屋に入って行った。僕は覚えてきた手順と回答を呼ばれるまで何度も反芻（はんすう）した。

古田が戻り、次の僕が呼ばれた。バネ仕掛けのように立ち上がり、大きな声で返事をした。古田の顔を見る余裕も無かった。三回ノックをし、どうぞお入りください、という声を確認したあと、右手でドアノブをゆっくり回した。心臓の音が耳奥で聞こえた。

「失礼します。兵庫県立南摂工業高等学校機械科、吉川昌明です。よろしくお願いします」

どうぞと示された椅子に少し浅く座って背筋を伸ばし、軽く手を握り膝の上にのせた。手順通りだ。面接官は三名、いよいよ始まるぞ。

真中の小太りの人が質問をしてきた。顔は優しく微笑んでいるように見えたが、切っ先のような細い目は笑っていない。志望した理由、自分の長所・短所、得意科目と苦手な科目、健康状態、社会人になったら心掛けたいことなど、予想され何度も練習したことがほぼ出てきた。（ええぞッ）僕は心でつぶやき、一つひとつ早口になるのを抑え、丁寧に答えた。左端の若い人が項目ごとに用紙に記録をしていた。

「最後ですが、何か気になることとか、これだけは言っておきたいということはありませんか」

予想もしなかった質問に全身の血が頭に駆け上がってくる。正直に胸の思いを言うべきか。瞬間、父と母の顔が浮かぶ。生唾を飲み込んだ。

「いえ、何もありません」

「……以上で、面接を終わります」

小太りの人は無表情に言った。

「本日は有難うございました」

僕は大きな声でお礼を述べ、一礼した。その後、椅子の横に直立して「どうぞ宜しくお願い致します」、と三十度の一礼を練習通りにした。

面接者は最後まで言葉や行動をチェックしているから気を抜くな、との本山先生の言葉は忘れなかった。出口のドアの前まで歩き、面接者の方向に向き直り、小太りの人の顔を見て、「失礼致しました」と最敬礼をしてからドアを開けた。そして練習の時にいつも忘れた退室の際の会釈もし、静かにドアを閉めた。

(よしッ、できた)僕は駆けだして、叫びたかった。

大阪駅に向かいながら、古田は弾んだ声をあげた。

「これで大丈夫や。しんどかったけど特訓の甲斐があったな」

僕も大きな仕事を成し遂げたような充実感があった。早く父と母に伝え、自慢もし喜ばせたかった。二人して、すでに合格証を貰ったように、はしゃぎながら電車に乗った。

二人が学校に着いたのは放課後で、本館二階にある進路指導室に向かった。戸を開けると本山先生が机に座り、何かの資料を読んでいた。

「おッ、おかえり、どやった」資料の束を閉じ、右手で窓側のソファーを示した。僕と古田は窓側を背にして同時に座った。練習した予想問題が多く出て、うまくいった話を二人とも興奮気味に話した。「そうか、それはよかった」先生は腕組みをし、にこにこしていた。

「そんで、吉川。面接では特に何か聞かれたか」

僕の方を向きなおり聞いてきた。笑いはなかった。僕にはその意味が理解できた。

最後の質問を伝えるべきか、迷う。「いいえ、無かったです」出来る限りの笑顔を作って答えた。先生は「そうか、よっしゃあ」と大きく頷いた。

「今日はお疲れさん。通知は一週間後に家に着く。今日の試験のこと、実施試験記録用紙に書いたら、帰ってええで。各担任さんには言うとくから」

二人は配られた記録用紙に記憶を確かめ合いながら丁寧に書きはじめた。

家に帰ると、父はテレビもつけずに部屋で待っていた。灰皿には吸殻が溢れている。

「アボジ、うまくいったで。一週間後に通知が来る」靴を脱ぎながら声が弾んだ。

「そうか、よかった。オモニはまだ仕事や、今日はなァ、ホルモン焼くいうとったで」

父は煙草に火をつけて思い切り吸い、上を見上げてフウーっとゆっくり吐いた。

五

試験の三日後、部活を終えて家に帰ると、アボジが玄関に座り僕の帰りを待っていた。

梅雨の走りで、じとーっと蒸し暑い日だ。地下の排水溝が臭った。奥の部屋で大きな蝿(はえ)がブウーンと気だるい音を響かせ回ってる。

「昌明、昼前にお前受けた会社から電話があってな、家庭訪問したい言うてな」

「え、家庭訪問? そんなん会社からも、先生からも聞いてないで」

父は煙草を取り出し指に挟んだまま、

「はい分かりました言うて。そんで、明日の午前中に来る言うてた。えらい丁寧な言葉使いやったで。さすが大きい会社は違うわ。オモニも仕事休んでもらおう思て」マッチを擦り、目を細めながら煙草に火をつけた。

今から学校へ行っても先生もいないし、古田の電話番号も分からなかった。僕も一緒に居た方がいいのか。何を話し、何を見に来るのだろうか。僕一人では判断できない事があれこれと浮かんだ。

面接で自分のことは話したから、やっぱり両親や家の様子を見に来るのだろう。仕事をしていない右足の無い父と、髪の毛を振り乱し生活に追われている母。雑草が生えた工場の敷地内にある、ニンニクの臭いがするみすぼらしいバラックの家。そして周囲を漂う廃液のすえた臭い。僕は暗い気持ちになった。

翌朝学校に電話をし、奥原先生に家庭訪問の件を伝え、学校を休むことを言った。

「そうかあ。しかし、よう分からんな。本山先生に伝えとくわ。ともかく頑張りや」

授業前の慌ただしい時間帯なのか、先生はそれだけ言って電話を切った。

父と母、僕も手伝って、朝から家の掃除を念入りにした。窓ガラスも久しぶりに拭いた。家の前の雑草を抜き、通り道もきれいにした。あの大きな蠅も捕まえて踏みつぶした。
テレビの上のチマチョゴリ人形は押入れに仕舞い込んだが、狭くて入りきらず体を折って無理に押し込んだ。炊事場流し台下のキムチ甕（つぼ）は母と二人で裏に運び、臭いが漏れないように板をかぶせその上に大きな石を置いた。それでも部屋の中のニンニクの臭いは消えなかった。

父はきれいにひげをそり背広、白いワイシャツ、青いネクタイ姿で靴下も履いた。母もナフタリンの臭いが残る桃色のブラウスと赤いスカートをはき、珍しく口紅を引いた。僕は学生服のほこりを払い、母が昨夜買ってきた白い靴下の止め糸を切った。

準備が終わって一息つき父母を見ると、不格好な板張りの家と晴れやかな服がチグハグで、滑稽（こっけい）さよりも悲しい感じがした。

「昌明、何人来るのかなあ。奮発して駅前のエーデルワイスでケーキ五つ買ってきてるけど、足りるかなあ」

母はお膳の上の白い紙箱のふたを開けた。イチゴのショートケーキがきれいに並んでいる。

「三人は来ないと思うで、来ても二人くらいやろ。それでええで」

僕はケーキを見ながら、お膳の前にゆっくりと座った。父は壁にもたれて新聞を見ている。後は訪問を待つだけだ。柱時計の音がこんなに大きかったのかと僕は時計を見上げた。十一時に成ろうとしていた。

その時、父の横にある机の電話が鳴った。父は急いで新聞を閉じ、受話器を素早く取りあげた。僕も母も父を見つめる。

「はい、吉川です。……そうです、父ですが……えッ、急に、……、あーそうですか。はい、はい、……、それは仕方ないですね。分かりました。……なにぶん、よろしゅうお願い申し上げます。では、失礼致します。はい」父も二人を無言で見返す。

「緊急の会議が入って、来られへんゆうて……。しゃないわ」

父は自分にも言い聞かせるように呟いた。時計の音だけがする。

「しゃない、しゃない。さあケーキでも食べよか。うちは二つもらうで」

母は気がついたようにはしゃいで皿にケーキを置いた。お膳の上には余った皿が二つ重ねてあった。


通知が郵送されてきたのは週明けの月曜日だった。僕が家に帰った時には封筒は父によって開かれていた。

「あかんかったわ」

僕の顔を見るなり、父は肩を落とし横を向き呟いた。僕は一瞬目の前が真っ暗になり、コンニャクのようにヘニャっと玄関にしゃがみ込んだ。

昨夜から降り続いている雨で、配達された封筒は濡れていた。机に置かれた封筒の上には折り畳まれた紙きれがあった。紙きれは濡れてへばりつき、開くのに手こずった。

「厳正なる選考の結果、誠に残念ではございますが、採用を見送りましたことをご通知いたします。末筆ではございますが、貴殿のご活躍とご健勝をお祈り申し上げます」

黙って文言を確かめたあと、紙を丸めて強く握った。紙は溶けたように小さくなった。

本山先生に連絡を取らなければと学校に電話をした。校門を出るとき本山先生から通知が来ているはずだと声を掛けられたから、まだ学校に居るかもしれない。電話を受けた事務室の人は、校内放送もかけてくれたが、帰ったかどうかはわからないとのことだった。

濡れ固まった通知をポケットにねじ込み、冷たい合羽(かっぱ)をまた着て、雨の中を学校に自転車で向かった。家にじっとしているのが耐えられなかった。南へ三キロ、来た道を戻って行く。いつもの通いなれた道が遠い。激しさを増した横なぐりの雨は容赦なく合羽の体を叩く。

僕は一体どこへ、何をしに行こうとしているのか。本山先生に会って何を言うのだ。約束が違うと責めたてるのか。悔しいから、同情してもらうのか。悲しいから、慰めてもらうのか。いまさら何をしようというのだ。

全身の力が抜けた。何もかも無意味に思えた。ペダルをこぐことさえも。自転車はゆっくりと止まった。サドルを跨(また)いだまま片足を地面におろす。道は激しい雨で水しぶきを跳ね上げ、かすんでいる。

自転車を道の脇に倒し、地べたに倒れるように座り込んだ。雨がしみこみ全身を濡らしていく。

六

次の朝、雨はやんだが、どんよりとした黒い雲が垂れ込めている。廃液のすえた臭いが強い。

　僕は自転車に乗り、学校へ向かう。街はいつもと変わりなかった。国道は車が行き交い、駅は多くの人たちが忙しそうに乗り降りしている。商店街は戸を開け、店の準備をし、小学校の門を子どもたちがはしゃぎながら入って行く。

　いつもと同じ日常の中に落とし穴があった。通ろうとすると地面が抜け、落下する。そして、地下排水溝に呑みこまれてしまう。

　僕は、深夜に地底から響いてくる不気味な水音の中で、自分が呑みこまれ転がり流されている姿を見る。

　放課後、奥原先生と一緒に進路指導室に向かった。戸を開けると、本山先生は立ったまま腕組みをし窓越しに外を見ていた。来た事に気づくとソファーを指さした。

「担当者となかなか連絡が取られへんかったけど……。要するに、総合判定でということや」

　本山先生はフーウと息を吐きながら、ソファーの僕たちに向かって言った。

「しかし、この会社、今まで学校推薦で落ちたの初めて違いますの。もっと成績の悪い子も何人も通っているのに。何とかならんのですか」

奥原先生が身を乗りだし声を荒げた。

「総合判定、便利な言葉や。残念やけど、そう言っている以上どうしようもあらへん。学校へ文章にして送るとも言うとる……」

僕は黙って下を向いたままだ。

「吉川、まだ一学期やし、就職探しはこれからや。先生がいいところまた探したる。くよくよせんとまたガンバろ、な」

本山先生の言葉は僕には虚しく響いた。

その場から離れたかった。部活に行くと席を立って、二人に礼をして出た。柔道場とは反対の自転車置き場に向かっていた。家にも帰りたくない。誰とも会いたくない。

「おおい、吉川、ちょっと待てや」

奥原先生が小走りで追いかけて来た。

バックネット後ろ隅にある自転車置き場から、野球部の練習風景が見える。準備運動を終え、並んでの素振りが始まった。

「何も出来んで、情けない」

息を弾ませながら、奥原先生は途切れとぎれに言った。

僕は素振りを見つめた。顔をゆがめ歯を食いしばり、一回いっかい力を込め、何度も振っている。息遣いが聞こえてくるようだ。二人無言で眺める。

「先生、またいつか相撲取ろぉ。今度は僕が勝つまでするよってに」

後ろを振り返らず自転車に乗った。そして正門に向かってペダルを踏んだ。

七

就職試験の不合格から半月が立ち、少し気持ちは冷静さを取り戻しつつあったが、次の就職を考える気持ちには到底なれず、これから具体的にどうするかの考えもなかった。頭の中にもやもやとした空洞ができた感じだ。

その気持ちを逆撫でするように、僕の一番触れてほしくないところに土足で上がってくる先生がいる。社会の山尾先生だ。「チョウセン」のことにこだわり、僕にとやかくいってくる。

僕は小学校の頃から社会科はいやな教科だ。それは「チョウセン」が出るからだ。授業で出あう朝鮮は、持ってしまっている自民族の劣等性を学問的に実証した。古代から大和政権は朝鮮半島を支配下に置いた「任那(みまな)日本府」や秀吉の「朝鮮征伐」、文禄・慶長の役、またロシアや清国から朝鮮を保護した「韓国併合」。朝鮮は常にやられているダメな民族だ。

小学校の世界地理の教科書はいまだ鮮明に覚えている。表紙を開くとまず口絵がある。イギリスのビッグベン、パリのエッフェル塔、オランダの風車とチューリップ畑、そしてニューヨーク・マンハッタンの高層ビル群、華やかな欧米だ。記述も欧米から始まりページ数も多い。アジアは教科書の最後の方でパラパラと捲(めく)る程度だ。そのページを開くと上半分は大韓民国、下半分は朝鮮民主主義人民共和国。その中に写真があり、民族衣装を着て頭に鉢巻をした農夫が牛にムチを打ち畑を耕している。遅れた農村の風景。先生はそのページをささっと通り過ぎ、試験の問題にもならない。取るに足らない朝鮮だから、僕はそう思ってきた。

授業で「チョウセン」と聞こえる度に、クラスのみんなが僕を見ているのではないか、指さし、密かに嘲笑(ちょうしょう)しているのではないか。一人鼓動を早め、顔を上げることができなかった。

だが山尾先生はこれまでの先生とは様子が違った。朝鮮と関連のある授業の前に僕にそのおおざっぱな内容と意味を伝えた。僕はそれが嫌だった。放っておいてくれ、勝手にやればよいだけではないか。


「今日、部活行く前に社会科準備室に来いや。部顧問には遅れると言うてるから。今日は来いよ、ちょっと話があるんや。すぐ終わるから」

昼休み廊下で待ち構えていたように山尾先生がまた寄って来た。僕は返事もせずチッと舌を打ち、出て来た教室にまた引き返した。

終礼の後、奥原先生からも社会科準備室・山尾先生のところに必ず行くようにと念を押された。この二人は山岳部の顧問同士で、山尾先生が五歳程年上だそうだが、仲がいいことは僕も知っている。

社会科準備室は西館の三階にある。顔だけ出してすぐに帰るぞ。僕はゆっくりと階段を上がる。下校する生徒たちが慌ただしく階段を下り擦れちがう。三階の長い廊下を歩く。開け放たれた窓の外は梅雨の晴れ間の青空が広がり、遠くには工場地区の煙突群が見える。

ノックを二回して引き戸を開ける。教室の半分くらいの広さの中に机四つが奥の窓側に正方形を作っている。手前にはソファーが向かい合わせにあり、その真ん中に背の低い四角いテーブルがある。回りの壁の本棚には教科書や参考書や問題集などが雑然と並べられ、その前には床に積み重ねた本などが、アフリカの草原にある大きなアリ塚のように二山ある。滑り落ちたのだろう本が二、三冊床に転げている。壁側のコーナーには巻物状になった地図や年表などがぶら下がっている。

この部屋に初めて来たのは入学して間もない頃だった。奥原先生に連れられてやってきた。山尾先生はその時はすでに授業を数回受けて知っていた。大事な話があるんやと僕は担任から聞いていたので、すこし緊張し、きしむ音がするソファーに担任と二人座った。

向かいに丸刈りのおにぎり頭。顔は鼻に細い目と分厚い唇が中心に寄せあっている。まじまじと正面から見るのは初めて。その山尾先生が腕組みを外し、体を乗り出し、僕の方を向いてゆっくりと喋った。

「お前、本名なんちゅうか、知っとんか？　……朝鮮の名前のことや」

「えッ」山尾先生の顔を見返した。白目がチラッと見えたから目は開いているようだ。

「ほんまの名前や」

家にある外国人登録証の名前のことだと僕は思った。そこには写真と四角の黒い指紋が押されている。

「さい（崔）まさあき、下の名前は同じです」

何でそんなこと聞くんですか、僕そう思ったけれどその言葉は出せなかった。あかん、圧倒されている。

「違うで、チェ　チャンミョン、ちゅうのがほんまの名前や」

「ワシは例えば朝鮮行っても、『やまお』やろ、朝鮮読みの『サンミ』はワシと違うで」

そやからなんなんや、叫びたい。僕は席を立って出て行こうと思った。ギシッとソファーが鳴る。

「急にこんな話をしてびっくりしたと思うけど、ワシらは吉川、いや、チェに自分のこと隠さんと生きていってほしいと願ってるんや。日本と朝鮮のこと一緒にもっと知っていこう思ってる」

声色が変わっている。えらい優しい言い方だ。

横で奥原先生が腕組みをして頷いている。なんなんこの二人。

「僕はこのままでいいです。……先生は隠さんとほんまの姿で生きろと言うけど、チョウセン出して何かええことあるんか。ええ加減にしてくれ。先生ら一体何の権利があってそんなこと言うんや」

次第に声が大きくなる。岡山のあの切っ先の目が頭に浮かんでいる。

「もし僕のことを本名で呼んだり、朝鮮人やって言うたら、学校辞める。できんこと言うなや」

腹立ちもしたが、みんなに知られることを何よりも恐れた。僕はすっくと席を立った。ギシッと大きな音がした。二人は僕を見上げる。

「よっしゃ、今日は分かったけど、話はこれから継続やで」

目を見開いている山尾先生と目が合った。分厚い唇は結ばれ、ナマコのように見えた。

中に入ると山尾先生だけで、待っていたかのように窓側の椅子から立ち上がりソファーに行き座った。立っている僕に向かいのソファーに座るように促した。ソファーの黒いカバーのところどころ穴が空いているのも、座るとギシッと音がするのも前と同じだ。

その後の継続という話し合いは、僕が一方的に拒否をした。もう不意打ちを喰らわないぞという決意だった。しかし就職試験に落ちてから、僕の話を誰かに聞いてほしいという思いが芽生えたが、言っても何も変わるはずがない。そういうものは胸の中にだけ納めるものだと自分に言い聞かせていた。

僕は山尾先生を好きではなかったが、嫌いでもなかった。授業は丁寧でよく分かった。特に日本と朝鮮の関係については手作りの資料プリントをもとに、がぜん熱を帯びた話しっぷりで、僕には熱苦しかったが不愉快ではなかった。「朝鮮通信使」という教科書にない言葉も初めて聞いた。

「よう来てくれたな、今度もすっぽかされると思とったけど」

山尾先生は、分厚い唇から剝き出しの白い歯を鼻に集めて微笑んだ。

「先生なんの用ですか。もう何回も言うたように本名の話はいいですよ。部活もあるし……」ソファーのきしむ音がした。

「ちょっと話がしたいねん。あんな、就職落ちた話は奥原さんから聞いた。ワシはお前が朝鮮人やから落とされたと思ってる」

「その話もうええです。言うてどないなるんです。先生が今から入れてくれるんですか」

ギシギシときしむ音が連続した後、沈黙が流れた。野球部のボールを打つカーンという音とブラスバンド部の管楽器の音が微かに聞こえる。

　山尾先生が顔を上げ口を開いた。

「ワシなあ、こんな泣き寝入り状態何とかせなあかん思たんや。そんでな、お前に相談があるんやけど。南摂工の朝鮮人の生徒集めて、この就職のことも含めて、いろんな話し合いできたらええなあ思とんねん。全校で十三人おる」

　そんな集まりを学校で持てば朝鮮人がばれる、やめてくれ、僕が言いかけた時、ガラガラと戸が開く音がした。顔を向けると奥原先生が僕をみて微笑ながらソファーに来る。

「ごめんごめん、山岳部の連中にトレーニングの指示をしてきて遅れた。山尾先生、部の練習、重りの入ったリック背負わせて階段の上り下りでいいですね」

　僕の横に座りながら山尾先生に向かって言った。来るとは聞いていなかった。山尾先生は首で返事しながら言う。

「そんでな、吉川、チェ（崔）やったな。ワシと奥原先生と本山先生も入ってもうてこのこと相談したんや。まず初めは同好会のようなもん作ってやけど。ともかく一回あつまろ。おまえ三年やし、その呼びかけ人して欲しいんや。一組の金村もいっしょや。どおや」

金村は知っている。角刈りにもみあげを長く伸ばし、剃り込みも入れている。この学校の番長のような奴でケンカも強くゴンタや無茶もし、一目おかれている反面嫌われもしている。背中にスミを入れているというまことしやかな噂もある。僕はみんなの陰口で、金村、チョウセンに逆ろうたら怖いぞ、と幾度か聞いていた。同じクラスになったことはなく喋ったこともない。

「するなら勝手にやってください。僕はいいです。忙しいし……」

僕は早口になるのを抑えて冷静に話すよう心がけた。横の奥原先生がゆっくり口を開いた。

「ワシもお前が試験落ちてからいろいろ考えたんや。落ち度もないのになんで差をつけるのかと。先生として何ができるんかなあ思って……」

奥原先生は腕組みをし、口を結んだ。

「チェよ。なんでお前は日本で生まれたんや。お前のお祖父さんやお父さんの生きてきたその先にお前がおる。ワシらも逃げへん、いっしょにやっていこ」

山尾先生は体を乗り出し前屈みになりながら言った。

「さっきも言ったように、僕はいいですって。試合が近いので部活へ行きます」

僕はさっと立ち上がり、有無を言わさずカバンを抱えた。

「隠さずほんまの姿で生きるしかないんや。違うんかッ」

山尾先生のひきつったような声を後ろに足早に部屋を出た。

廊下には人影がない。本当の姿で生きろって、一瞬立ち止まった。クソッ、好きなこと言いやがって。僕は頭の中を巡っているその言葉を振り落とすように急ぎ足で廊下を歩いた。

二階から一階に向かう踊り場付近で、ゆっくりと降りている就職試験を一緒に受けた古田の後ろ姿が見えた。

「今帰りか」

僕は背後から声をかけた。驚いたように後ろを振り返った古田は踊り場に留まった。

「吉川、落ちたって、ほんまか。何でや」

僕が踊り場に着くなり聞いてきた。

「何でや言うて……ほんまのこと言うたらな、数学があんまり出来なかってん。落ちたん、しゃーないで」

頭を掻きながら僕は声を出して笑った。

「そやから古田、気にせんでもええで」

すまなそうに古田は目をしばたかせた。

「ほな、部活あるから行くで。設計の仕事頑張ってな」

僕は二段飛ばしで駆け降りた。体がバラバラになるまで稽古をしてやる、僕はグラウンド外れにある柔道場まで一目散に走った。

八

毎学期の期末考査が終わった後には学校行事が組み込まれている。一学期の学校行事は映画や演劇等の鑑賞会をするのが慣例だ。

期末考査が終了した後の三時間目は学級会がある。奥原先生は学校行事のプリントを前列の生徒たちに人数分配ったあと教壇に戻る。僕の右斜め前の武井がプリントを見て小さな声を発した。

「えー、朝鮮のか。おい川田、俺行きたないわ。お前どないすんねん」

武井は後ろを向き川田に同意を求める。

「ほんまや、しょうーむな。去年は映画観たのになあ。おもんないのおー」

教室がざわめいている。

「はい。静かにしてえ。ええかあ、来週の月曜日学校行事で、東京から来てくれる『朝鮮芸術団』を尼崎文化会館で観ます。隣の国やのに朝鮮のものをなかなか観る機会がないから、休まんように。場所は地図描いとうけど、玉江橋のところや。会場図、三年二組の席も書いとうからよく見てよ。朝九時に文化会館の玄関前集合。わかったかあ」

奥原先生はみんなを見渡した。

僕はプリントをじっと見た。今まで「チョウセン」とつくものを一切否定し、避けてきた。朝鮮の歌や踊り、あらゆるもの、それらはすべて劣っているし価値のない恥ずかしいものだ。見たくも聞きたくもない。なぜ学校でするのだ。僕らがまたみじめな思いをするだけではないか。行かないことに決めた。

教室はまだざわめいている。男だけの教室は落ち着きがない。

「あんな、もう一つみんな言いたいことがある。最近このクラスで賭けトランプが流行(はや)っとう聞いたけどほんまか」

先生は顔を真直ぐに上げる。眉が上がり真顔だ。教室のざわめきはスーッと引く。

「どうなんや、博打やぞ」

「五円か十円ぐらいええやんか。休み時間やし……」

武井が口を尖らしボソッと言った。そおや、そやそやと何人かの声、フフと笑い声も聞こえる。

「なんやと！　お前らみんなそう思とんか」

先生の目が大きく開いた。

「やったもん、みんな立て。……早よ立たんかえ！」

あっちこっちで、ズルズルとためらいながら椅子を引く音が響いた。のそのそと、ほとんどの者が立ち、僕も立つ。

「なぐったる」

先生は立っている生徒の間をつかつかと抜け、教室の廊下側後ろにある掃除道具入れの所に行った。扉を乱暴に開け、中のほうきを摑み教壇に戻ってきた。みなは目でそれを追ったが、一瞬の出来事だ。

「博打はあかんのや。なぐったる」

　ほうきの柄を長めに握った。グォンと鈍い音がした。グォングォンと連続音が教室中に響く。

「これでもか、えー、これでも止めへんのか、これでもか、これでもか……」

　僕は見た。先生は自分の頭を叩いている。顔をしかめ右手に持ったほうきの柄で思い切り頭を打ちつけている。ほうきは割れんばかりに歪み、今にも頭から血が噴き出しそうだ。

「まだか、まだ止めへんのか、これでもか、えー」

　鈍い音は留まることを知らず響く。柄に赤いものが付いたのが見えた。

「先生止めてくれ！　もうせえへん。約束するから」

　僕は叫んでいた。大声を出し我に返った。みなも口々に叫んでいる。

　やがて教室は静かになり、どこかの工場からか、昼休みのサイレンが教室に長く細く尾を引いた。

「分かったんか。もうしたらあかんぞ。……もうええで、みんな座りよ」

　僕は観賞会には行かなければならないと思った。行って、一時間ほど寝ていれば終わるだろう、そうとも考えた。

尼崎文化会館は阪神尼崎駅の北側、庄下川沿いにある。僕の家からは学校を越えてさらに南に下る。自転車で小一時間、汗をかきながら到着する。玄関前の木々からは蝉の声がうるさい。全校生九百人を超える人数の観賞会なので、その日の文化会館は貸し切りになっている。

会館入り口で担任に出席の確認をしてもらい、玄関ロビーを過ぎ、会場の厚い扉を手前に引く。すでに全校生の半数近い人数が集まっているだろうか、みんなの話し声がザーという一つの音響となって耳に飛び込んでくる。舞台前の空間は楽団の席となっており、椅子が並べられ中央に譜面台がポツリとあるだけで、楽団員はまだ席についていない。

前列右側の三年二組の決められたゾーンに行く。ゾーン内での席は自由だ。寝ても分からないところ、壁側に近い右端に決めた。前の席には武井と川田が笑い声をあげて喋っている。

照明が落ち会場は静まり、舞台が始まった。緞帳の前でスポットライトを浴び、民族衣装の薄桃色のチマと青いチョゴリを着た女性が朝鮮語を甲高い声で喋る。

「何言うとんねん、分かれへんやんけ」

前の武井が言うと同時に、その女性が訛りのない日本語で喋った。初めだけが朝鮮語で
その後は日本語で進行している。
あの人も僕と同じ朝鮮人だ。朝鮮語はいつどこで覚えたのだろう。チマチョゴリを着て
朝鮮語を喋り、恥ずかしくないのだろうか。僕は上目使いで舞台の丸いスポットを眺めた。
歌が始まった。背広を着た男性四名が舞台中央に横一列に並んで歌っている。歌詞はみ
な朝鮮語なので分からないが、力強い歌声だ。二曲歌った後、今度は女性三人に変わっ
た。真ん中の人が歌い、左右の人がチマチョゴリをなびかせ踊り始めた。
あっ、このメロディーはどこかで聞いたことがある、そうだ、岡山のばあちゃんが歌っ
ていたやつだ。さっき司会者は確か慶尚道の民謡のなになにと言っていたはずだ。僕は配
られて、すぐ小さくたたんだプログラムを、尻を浮かしズボンのポケットをまさぐり引っ
張り出した。そっと捲り、薄暗い照明の中で目を近づけた。
密陽（ミリャン）アリラン、慶尚南道の民謡。
「うぢが、うまれだ、こぎょうの、うだや」
尼崎に来る前、小学校三、四年のころ、確か、ばあちゃんと二人っきりだった時だ。何
の時だったのか、あんなにはしゃいだばあちゃんを見たことが無いから覚えている。ばあ

ちゃんは肩と手をゆっくりと波のように揺すり、回りながら歌っていた。その曲に違いない。

♪アリアリラン、スリスリラン、アリアリラン、スリスリラン……

封印された呪文（じゅもん）のように蘇（よみが）る。朝鮮語、何と言っているのだろう。

僕は吉井川沿いの堤防にしがみついている生まれ育った家を思い出した。僕に故郷の歌なんてあるのだろうか。いや、それより僕の「コキョウ」はどこなんだ。岡山・日本か、朝鮮？　それとも僕らは根を張ることが出来ない、ただよう浮草のように流されていくだけのものか。

前の二人はすでに眠りこけている。僕は目を閉じたが眠れなかった。その呪文が胸の中で響く。

吉井川の流れ、青い法被を着た切っ先の目、土手の家、河川敷を耕している祖母の姿、切断した父の右足、就職試験会場、不採用通知の溶けた紙。そして本当の姿で生きるとは何なのか、それらがぐるぐると頭の中を巡る。

目を開けた。まばゆい赤や緑の照明のなか、テンポある朝鮮民謡メロディーで女性たちが舞台狭しと舞っている。初めて観る朝鮮の踊りだ。僕は目を凝らして観る。なぜか心地よかった。一部が終わり、休憩は十分間ですと場内アナウンスがあり、会場が徐々に明るくなった。

前の二人は、ああーと大声で両手を上げる。

「終わったん違うんか、もうええで」

とっさに腕組みをし、首を前に倒して寝たふりをする。二人は席を立ち、出て行った。僕は休憩時間も座り続けた。明るい照明の下でプログラムを丁寧に見る。二部は歌劇「無窮花(ムグンファ)よ、再び」となっている。あらすじも読んだ。朝鮮植民地統治の時代、朝鮮の独立を勝ち取るための運動に参加した青年が主人公の物語らしい。祖父母も、父も、母も、そこで生まれたのだ。僕は、なぜ日本で生まれてしまったのか。

大音量のファンファーレとともに二部が始まり、我に帰る。僕は歌劇自体初めて観る。華やかな赤や黄や橙などのライトが出演者を染め、そして舞台前からオーケストラの演奏が鳴り響く。なぜか胸が高まる。こんな筈ではなく予想もしていなかった。

歌や台詞はすべて朝鮮語であるが、舞台下手に設(しつら)えた一畳程のスクリーンに翻訳した日本語がスライドになって同時通訳のように映しだされている。日本語翻訳を見ながら舞台を見る。前の武井は寝ているが、その左横の川田は首を左右に動かしながら見入っている。

暗転になったとき、劇の中に入り込んでいる自分に気が付いた。貧しい朝鮮の農村。その貧農の倅(せがれ)である主人公が、貧しさから抜け出すために苦学をする。ソウルに上京し、お金をためて学校に行こうとするが、働いても貧しさから抜け出ることはできす学校どころではない。

主人公は舞台中央で正面を見据え、拳をあげて叫ぶ。僕と目が合った。

「俺の貧しさは、ここはすでに自分の国ではないからだ。国を取り戻し、自分をも取り返すのだ」

そして独立運動に立ち上がっていくという、プログラムで知った予想されたストーリーだが、気がつけば僕は主人公と自分を重ね合わせている。

クライマックス、主人公が「三・一独立運動」のデモに参加し、銃で撃たれる場面では、熱いものが溢れていた。なぜなんだ、そっぽを向いて寝るはずではなかったのか。僕は周りに気づかれないように嗚咽(おえつ)のもれを噛(か)んだ。

主人公の恋人や友人らが遺体を抱きかかえ、一歩いっぽ前に進む場面で勇ましい音楽と共に緞帳が静かに降りる。会場が徐々に明るくなるにつれ、うしろ前で拍手がパラパラ鳴り、やがてそれが大きな渦となり、暫く鳴りやまない。僕は拝むようにゆっくりと小さく手を何回か叩き、そして結んだ唇の前で合せた。

左前の川田は右膝で武井を突っつき起こしている。

「おい、起きよ、終わったぞ。お前……、よかったのに」

武井は拍手の音に驚いたのか周囲を見渡しキョトンとしている。僕は涙の跡が分からないように両目を手の平で何度も擦った。

会場のざわめきが一段落した後、その場で各クラス担任が最終出欠の確認をしている。

「二組全員おるな。よう聞きや。次の学級会のとき、今日の観賞会の感想をみんなに言うてもらうからな、発表できるように考えとけよ。よっしゃ、終わりい、気をつけて帰れよ」

奥原先生は両手をメガホンのように口に当てて叫んだ。僕は席を立ち、細い通路を玄関ロビーにぞろぞろと向かっている列の中に入る。

「吉川、ちょっと話があるから、ロビーに居(お)ってえ」

列の後ろの方から奥原先生の声がした。何の話がしたいのか僕は分かる。今日の舞台を観て朝鮮人としてどう思ったか、そんな話に決まっている。僕は歩きながら後ろを振り向き、「先生ちょっと、今日、用事がありますから帰りますう」そう言うと前の人を急かすように早足になった。

今日は六時間目に学級会がある。奥原先生はあの観賞のあと何回か来たが避けて話はしていない。この間、僕は自分を朝鮮人としてこれほど意識して考えたことはなかった。本当の姿で生きろ、朝鮮人を隠さず暮らせ、そんなこと出来るわけがない。

小学校五年で引っ越して来たとき製紙工場に隣接する小学校に転校した。もう土手の家からではない、自分が朝鮮人と知られていない解放感を感じた。孤立せずクラスに馴染むために気を使い明るく振る舞った。暫くするとボスと呼ばれている大柄な子を含めた七、八人の男子グループの中に入れてもらえた。このグループはクラスを牛耳っているだけでなく、五年ながら学校の中でも番を張っていた。僕は転校してきたばかりだが怖いものがない気分がした。

「三組の木村な、野球うまいけど、あいつチョウセンや」

ボスはみんなの顔を見回し、上唇をペロッと舐めた。プールの裏は昼休みでもグループが誰にも邪魔されず話せる場所だ。

僕は目を見開き、飛び出る驚きの声と生唾を飲んだ。

「二組の安本、あいつもそうやで。クズ屋しとんや」

いつもボスの右後ろにへばり付いている奴が上目使いで、自慢げに抜け目なく続けた。

「怖いで、チョウセン。あいつらみんなで来よるからな」

次々とボスに忠誠を競い合うように朝鮮人を蔑む話は途切れない。喋っていないのは僕だけだ。何かを言わなければ。

「俺も見たことあるけど、あいつら汚いし臭いぞ」

これでいいのだ。岡山のばあちゃんの顔がふっと浮かんだ。

五時間目が始まる予鈴のチャイムが聞こえてきた。ボスを先頭に教室に向かう塊りの一番後ろを黙って着いて行くだけだった。

みなが辱めてきた張本人が僕自身であることは到底耐えられない。仲間外れにされ嘲り嗤われ、それこそ学校も街にだって歩けない。怖い。

しかしあの歌劇を観てから、こんな声が聞こえ始めた。

「なんて、情けない奴だ」

「臆病者！」

その主人公が息絶えだえに僕に言葉を投げつける。

「昌明、何してんのん。早よ行かんな学校遅刻と違うのお？」

母の声が炊事場から聞こえる。父は珍しく寄せ屋の金山さんの手伝いに出かける。座ってゴミを仕分ける仕事だ。

「義足の噛み合わせのところがちびって、歩きづらいわ」

大きな声でひとりごちながら、板戸を押し開き出て行く。僕は奥の六畳で手の平を頭の後ろで組み、寝そべったまま父を目で追った。カックンカックンと肩を左右に揺らしながら歩く後ろ姿を、戸の隙間から見続けた。

「まだ居んのん。アンタ学校好きやったん違うん、早よ行きや」

母が前掛けで手を拭きながら、部屋に上がって来た。僕は母と反対側に寝返りを打ち、目を瞑った。頭を突っつかれ目を開けると、覗き込んでいる母の顔があった。反射的にガバッと上半身を起こし、気だるくゆっくりと立ちあがる。机の横のカバンをつかみ、玄関で靴を引っ掛け「行ってくるで」と顔も見ず、声だけ出す。半開きになっている戸を右足で押し開け、家の横に止めている自転車にまたがる。

「気をつけて行きよ」

母の声とすえた臭いを引きずりながら工場の敷地から道路に出た。

学級会の時間はいつも騒がしい。出席を取ったあと奥原先生は、

「静かにして。文化会館で言ったように、今から朝鮮芸術団を観て、思ったことや感じたことを言ってもらいます。あんまり朝鮮の歌や踊りなど見る機会が無いので、いろいろあると思います」

みな勝手に横や後ろを向き、めいめい関係のないことを喋っている。

「ええ加減に静かにせいや。誰でもええから、発表してや。……いなかったら順番でいこか」

みなは頭を上げ、前を向き、少しは静かになる。

「いつも廊下側の前からしとうから、今日は反対のグラウンド側の後の席からいこか」

僕はグラウンド側二列目の一番後ろの席で、順番で言えば七番目に当たるはずだ。

「はい、言うて」

先生は右後ろの端の生徒を指さした。もじもじして立ち上がる。

「朝鮮語よう分かれへんかったけど、良かったと思います」

「民族服、チマチョゴリっていうんか、あれ奇麗(きれい)やったと思います」

みな一言でいえる同じような発言を繰り返していたが、誰も話を聞いていない。先生は

腕組みをし小首をかしげて聞いていたが、

「後半の歌劇のことも言うてよ。……それとなあ、お前ら、人が喋っとう時くらい静かにせいや」

「植民地の時代いうても、よう分からんし。そやけど主人公が撃たれて遺体を抱いて前に行くところは胸がじぃーんとしたわ」

一番前の生徒が発言をした。

次が僕だ。先生は腕組みを解き僕を見た。教室は相変わらずざわついている。僕はゆっくり立った。

発作的だった。口が裂けても言ってはならないこと、その堰が切れた。

「……僕な、朝鮮人やねん……」

僕は何を言っているんだ。ざわめきは一瞬に消え、目は、耳は僕に集まる。

「ほんまの名前は、チェ（崔）言うんや……」

熱いものがこみ上げてくるのを、唇を噛み必死で堪える。唇が小刻みにワナワナと波打つ。次の言葉が出せない。

奥原先生も呆然としている。重い沈黙が流れる。みんなは身動きもしない。

先生が口を開け、何かを懸命に喋っているが、言葉が断片的にしか頭に入って来ない。

「……吉川、違う、チェのお祖父さんと、子どもやったお父さんが日本に渡って来て……仕事場を求めて各地を……岡山で生まれて……日本名は『創氏改名』言うて……これからチェと……」

斜め前の武井がすっくと立ち上がることで、僕は我に返る。先生の話が長い時間だったか短かったのか、どんな話だったのか。いま分かることはみんなの目が武井と僕に注がれていることだ。

「先生もうええよ、そんな話。貧乏して苦労してきたのは朝鮮人だけと違うぞ。それがそんなに偉いんかえ。それよか、言うて欲しなかった。朝鮮人と分かったら、やっぱし溝みたいなもんが出来る。心の中はいやがっている。それが正直な気持ちや」

「その溝はな、さっきも言ったように偏見や差別から出てきたものやから、正しいことを学んでやな、それを取り除かんなあかんねや」

焦るように先生は説明している。

「聞きたないいんじゃい、そんなうっとうしい話！」

武井は一言吠え、そっぽを向いて座った。

どこかのクラスが早く終わったのか廊下の方から戸の開ける音がし、生徒たちのざわめきが微かに聞こえる。

「あのー、俺ー吉川嫌い違うけどー、もしな、関東大震災みたいなことあっても、お前よう助けへんと思うけど、かんにんな」

川田は座ったまま背を丸めて言った。

僕はドンと落ちるように座った。なんで言ったんだろう。やっぱり言わなければよかったんだ。冷静になれば成るほど後悔の思いが深くなる。

「他に何か言うことある人、ないか。……チェ、なんか言うことあるか」

早く終わってくれ。僕は先生を無視し、黙って首をひねり窓の外を見た。工場群の煙突は無表情にいつもの黒煙を吐いている。

学期末に向けての予定を聞いたあと学級会は終了した。いつもならみな騒がしくあたふたと教室を出て行くが、今日は物音も抑えながら静かに出て行く。武井と川田は僕を見ることもなく立ち去った。奥原先生は教壇からみんなを見送り、予定を書いた黒板を消している。教室には先生と僕だけが残り、チョークの粉が着いた手を叩きながらまだ座っている僕の横にゆっくりと来た。

「吉川、いやチェ、驚いた。事前に話をしてくれたら、ワシもそれなりの準備をしたのに、慌てたで」

窓側の隣の席に座りながら先生は言った。僕は黙って先生の顔を見る。

「武井や川田の意見がみんなを代表しているとは思わんけど、丁寧に話していかんなあかんと思とる」

「先生、前に山尾先生がなんでお前は日本で生まれて、どうして差別されるんやって、言うとったけど、そのこと考えてたんや。知らんことがたくさんあるということが分かった。僕も正体をさらけ出したし、やっぱし少しは知っていかなあかんと思う」

「よっしゃ、今から社会科準備室行こ。あそこそんな本いっぱいあるし、山尾先生が居ったら話も聞けるしな」

先生が先に立ち、教室を早足に出た。僕はカバンを抱え、その後を追いかけた。今日は部活を休んでもよいと思った。

社会科準備室は誰もいない。奥原先生はつかつかと窓側にある山尾先生の机のところに行った。机の上に所狭しと積み上げているプリントの山を崩さないようにそっと横にずらし、本立ての前を少し開けた。

「確かこの辺やで……オッ、あった『近代日本と朝鮮』とっ」

腰を屈めプリントの谷間に手を突っ込み、一冊を抜き出した。山が揺れた。

「ワシも山尾さんから勧められて読んだやつや。こんな本が新書になるんか言うとったけど、今年出たんやて。歴史苦手なワシでもよおう分かった」

僕に差し出しながら言った。僕はゆっくりと受け取り、表紙を見た。幅三センチほどの青色の帯が巻かれていて、その左端には若い男の横顔の影絵が描かれている。男は口を開き何か訴えているようだ。その口の先に文章がある。

「日本人にとって朝鮮とは何か？　我々の負うべき歴史的課題に鋭く迫る。無知は、今も新たな不幸を作り出しつつある」三省堂新書四十八。二百円。

僕は一字いちじ読む。

「借りていけや。山尾さんには言うとくから、大丈夫」

僕は大事な物を扱うようにカバンの中にしまい込んだ。

柔道部の顧問には個人面談をしとったと言っておくから、と奥原先生は別れ際に片手をあげ言ってくれた。

九

夕方前の時間帯に帰るのは久しぶりだ。国道沿いではない近回りの商店街の道を選んだ。道幅が十メートル程で長さ五十メートルの両側には魚屋や八百屋、洋服屋などがハーモニカのように並んでいる。小学校の頃は母とよく一緒に来たが中学生になってからは来ることも無くなった。商店街入り口両側の柱にくくりつけられている七夕飾りの笹と短冊が風にそよいでいる。

商店街の中ほどまでは自転車を降りずに行けたが、次第に夕食準備の買い物客が混んできたため、商店街が終わるまで曳いて行くことにした。

♪忘あーすれられないのおー……

今年映画にもなったヒット曲のけだるい歌が、商店街のところどころに付けられている拡声器から終わることなく繰り返されている。行きかう人たちを小刻みに避けながら前を見た。

豆腐屋から出てきたランニングシャツの後ろ姿、まさか武井か。教室の斜め前の席だから、あの細長い頭と肩の線は見間違えるはずがない。小さな女の子の手を曳き、左手には四角い網の市場かごを持っている。後ろに僕がいるとは気が付いていないようだ。ランニングシャツは薄汚れ、ちびたゴムぞうりを引っ掛けている。横の女の子も擦りきれたスカートに髪の毛もばさばさだ。

どうしょうか。今日の学級会のこともあり、知らんぷりをして声をかけない方が良いのか。

「にいーちゃんー、ペコちゃんのミルキー買うてえなー」

女の子はお菓子屋さんの前で立ち止まり、武井を店に引きこもうと、体をくの字にし、尻を店に向け手を強く引っ張っている。

「あかん、早よ帰ってご飯作らな、お母ちゃん夜の仕事に行かれんやろ。そんなお金あれへん」

武井は手を引き上げ、女の子をにらんだ。

「いやや、買うて、買うて」

女の子は武井から手を外し、両手を左右に振っている。

「小学生になってんで、赤ちゃんみたいなこと言わんとって、さあ行くで」

武井は駄々をこねている女の子の手をつかみ行こうとした。そのとき気配を感じたのか、武井は後ろを振り返った。目が合い、自転車のブレーキを握った。何と言えばいいのだ、言葉に詰まる。

「い、いもうとかあ……」

女の子は首を斜め後ろに回し、僕を見上げた。開けた口には上の前歯がない。

♪忘あーすれられないのおー……

また始まりが巡って来た。

武井は驚いたように口を半分開き、目が揺らいでいるように見えた。出会いたくなかったに違いない。溝が出来たと言っていたし、また自分の恥ずかしい姿も見せたくなかっただろう。歌だけが無邪気に流れている。

「そおや、妹や」

暫く経ったあと、挑むようなハッキリとした声で言った。

「今日部活休んだんや。ほんま、ここ通るの久しぶりやあ」

周りを見渡し、笑顔ではしゃいだ声を出す。

「……ほな、帰るわ」

僕はサドルを跨(また)ぎ行こうとしたが、人垣のため前に進めない。

「今ここ自転車無理やで。お前、家、神崎川の方やろ。俺もそっちの方や。歩いて途中まで行こう」

武井は妹の手を曳いて歩きだした。肩が怒っているようだ。妹は手を引っぱられ、足は前を向いているが、首は後ろの僕を見ている。僕は自転車を押し、人込みを避け一列になるようにその後に続いた。

商店街を抜けて大通りに出る。そこを渡るとあの甘ったるい歌はもう聞こえてこない。脇道に入る。人が疎らになり、妹を真ん中にして三人は並んで歩くことが出来た。

武井は妹の手を握り黙ったまま、まだ曳きずっている。

「お兄ちゃん、痛いって、もう手え離してええな」

「おっ、そや、堪忍かんにん」

武井は思い出したようにそっと手を離した。妹は下唇を前に出し、ほっぺたを膨らまして、遅れないようについて来る。武井と自転車を押している僕は、並んで歩く格好となった。後ろからチリンチリンと音がして自転車が通り過ぎて行った。

「俺、小さい時な……」

武井が真直ぐ前を見て口を開いた。

「妹がまだ赤ちゃんの時やった。オトンに会いに行った帰りの電車の中や。ウトウトと寝ていた俺の頭、オカンが突っついて起こしよんねん。妹を背負ったオカンが窓の外に指しとる。電車は大きな川の鉄橋を渡り始めていたんや」

――ほおら、よう見いよ。うちはオトンおれへんけどな、あいつらよりましや。チョウセンや。

「俺は体をひねり後ろ向いて、窓越しにオカンの指さす方を見たんや。河川敷に板ギレを張り合わせた薄汚れた小屋が何個も窓を過ぎて行った。俺、しんどうてつらなったら、あいつらよりましや、そう言い聞かせてきたんや」

僕は岡山の土手の朝鮮人集落を思った。黙って自転車を曳く。

「今日、吉川にはそれを言うてほしなかった。お前には数学教えてもうたり、俺が一年のとき柔道部辞めた時も先輩からの嫌がらせからかばってくれた。そんなお前が、なんでやねん」

遅れていた妹が駆けてきた。

「お兄ちゃん、待ってえなあ」

僕も武井も後ろを見た。僕は自転車を止め、しゃがんで妹を待ち、目を合わせた。

「名前なんて言うの、……あっちゃん言うんか。よっしゃ、自転車に乗したる」

僕は妹を両手で抱え、そっと後の荷台に座らせた。

「ええか、サドルのここ離さんとちゃんと持っときや。ゆっくり行くからな」

スタンドがガチャンと上がった。空が薄く茜色に染まり始めている。

「言うて後悔したけど、今はなんかホッともしてる。朝鮮のこと何にも知らんから、勉強しようと思ってんねん」

僕は後ろを向き、荷台の武井の妹を見ながら言った。

住吉神社鳥居(とりい)の四つ角に来たとき武井は左に曲がる。

「武井はこっちか、僕は真直ぐや」

僕は自転車を道路の脇に止め、妹を抱えあげて下にそっと降ろす。妹は武井の横に小走りで行き、後ろに回って顔だけをそっと出した。

「家、製紙工場の横やろ。俺知っとうぞ」

「お前が電車から見たマッチ箱みたいな家やったやろ」

「そんなん言うなや。……俺の家は神社の裏やけど、あそこもややこしいところや。いっぺん遊びに来いや」

武井は左口角だけを上げニヤリと笑いながら、妹の頭をごしごしと撫でた。

「もう、お兄ちゃん頭ごわごわになるからやめてーな」

妹は激しく首を振った。

「オトンはあと三年くらいしたら帰って来れるねん。こんな話し誰にもしてないけどお前なら隠さんでもええと思う。オカンも働きっぱなしで俺ら育ててくれた。早よ俺、就職せなあかん」

「お兄ちゃん、何してんのんお母ちゃん帰って来てまた仕事に行くで。早よご飯作らな」

妹は武井の買い物籠を引っ張り、口を尖らしている。

「そや、行かんな。チェやったかな、本当の名前」

妹に引っ張られながら武井の顔だけが振り向いた。

「僕もまだ慣れてないけどな……」

神社の森の上はすっかり茜色に染まっている。四つ角で僕はチグハグな二人の肩が見えなくなるまで佇(たたず)んでいた。

十

初めての朝鮮人生徒の集まりを七月初めの放課後に持った。今回は準備段階ということもあり三年のみ先生が呼びかけてくれた。一組は僕だけだが、三学年には四名いるらしい。しかし社会科準備室に集まったのは僕、金村、三組の張本の三名だ。

張本が朝鮮人とは知らなかった。細身で背が高くヘチマのような長い顔している。顔は知っていたが、喋ったことはない。奥原、山尾先生の他に本山先生もいた。

テーブルを挟んだソファーだけでは窮屈なので椅子を二つ並べ、計六人が座った。壁側に先生、その反対側に生徒という形となった。金村はソファーに深々と腰掛け足を組んでいる。穴の開いた黒いソファーのギシギシと軋む音は相変わらずだ。その横に張本、僕は別に持ってきた椅子に座る。真向かいには本山先生が同じく持ってきた椅子に座って腕組みをしている。

「よう来てくれた。なんで集まったかはもう聞いていると思う。君ら自身のことを知って、差別に負けんと生きてく力をつけるためや。ワシらも一緒にやっていきたいと思ってる」

金村と向かい合うソファーから山尾先生は身を乗り出しながら話した。

「そんで何をするんじゃい。俺は先公なんか信用してへんぞ。そんな言うてまた差別するん違うんかえ」

足組みを解き、金村も身を乗り出して三人の先生の顔をジロリと見回した。凄味がある言い方に僕は驚いた。

「そや、お前の言う通りや。そやからワシら先公のことも、よお見とけよ。騙(だま)されたらあかんぞ」

山尾先生は目を見開き、首をゆっくり上下させながら答え、そしたら、と言葉を続ける。

「君ら同じ三年やけど、お互い朝鮮人や知っとったか？　まず自己紹介や。本名も言いや」

生徒三人は黙っている。奥原先生が僕を見て、「そしたらチェから、こう回りや」と右腕を時計回りの反対に回した。

「僕、二組の吉川。本名はさい（崔）と書いてチェ。これでええか」

奥原先生の顔を見た。先生はチェはな、と言いながら、

「この前の学級会の時にな、朝鮮人や、本名はチェやとみんなの前で言うたんや」

金村も張本も首を曲げ視線を僕に向ける。

「金村やけど、本名はきん（金）や。キムいうんやろ。知っての通り悪やっとる。俺のこと裏でチョオーセンいうて馬鹿にされとんも知っとう。差別する奴はしばくしかないんや、違うんかえ」

横を向き、僕に同意を求めてきた。

「吉川、チェ言うんか。お前就職落ちたんも、チョオーセンやからやんけ。そやろ」

僕は唇を尖らす。向かいの本山先生は目をつむり、腕を組んでいる。

「僕、多分ちょう（張）、と思います。朝鮮読みで何と言うか分かりません。本名の漢字残して日本名付けたと父から聞いています。僕はここで暮らして行くから日本の名前でもええと思います。本名を名乗ってもええこと何にもないです。そやから僕高校から日本名の張本にしました」

おっとりとした優しい声だ。語尾の「ます」の「す」が「すーう」と長く引いている。

「いろんな悩みがあっても話し合える場がなかったんや。君らも顔は知っとうけれど朝鮮の話するの初めてやろ。話して何がどうなるか分からへんけど、まずは会って思いを知りあうことから出発やと先生ら考えてんや」

山尾先生は時折右手を振りながら言う。横で奥原先生は一言ひとことに同意するようにうなずいている。

「俺朝鮮、知れ渡っとうから、こんな俺でも後輩がそっと悩みなんか話しに来よんねん。俺あほやから適当に答えとうけど、しんどい話もあるんや。こんな場あったらええと思うで」

金村・金の話を聞き、就職試験落ちた悔しさを同じ朝鮮人の場なら言えるかもしれないと思った。

「他の二人はどうや。……ほんでな、話し合いだけでなく、出来たら朝鮮の文化や歴史なんかも知っていけたらええなあと、これは先生らが勝手に思っているだけやど。まず集まることが大事や」

「僕も悪いこと違うと思います。仮に日本人として生きるとしても、自分のこと知ること大切やと思いますーう」

僕は「うん」と首を一回大きくうなずかせた。

「よっしゃＯＫ。決まったら早よした方がええ。集まりの案内文、これ誰か書いてやあ」

三人下を向き山尾先生と目を合わさない。

「チェ、お前書いてや。奥原先生、一緒に考えたって」

奥原先生が「うん」と了解したので、僕が書くことになる。山尾先生はみんなをゆっくりと見回した。

「最後に、本山先生、何かありますか」

「あんな君ら、ちょっと難しい言うたらな、これは学校の教育的課題や。先生の仕事でもあるとワシは思っとる。君らの国の言葉、教える機会あったら何ぼでも言うてや」

本山先生はとろろのように垂れ下がっていた前髪を、右手でおでこから丁寧に擦り上げた。

「ふん、それはお前らの理屈や、俺に関係あるかい」

金は鼻から息を吐いた。

社会科準備室からは僕が先に出た。早く部活に行かなくては。急ぎ足で廊下を歩いていると、後ろから金の声がした。

「チェ、待てや」

僕は止まり後ろを振り向いた。

「今ちょっと聞いたけど、落ちたん機械設計の会社やて。お前なあ、設計士するんやったら本物の七〇七見たないか、それも目の前でや」

大きな声を出しながら向かってきた。

「何やて」

得意げに鼻を反らしている金の吊りあがり気味の目を見た。

ボーイング七〇七はそれまでのプロペラ機に換わりジェット機が主流になる中で、全長五十メートル近くもある大陸横断の大型長距離ジェット旅客機で、その巡航速度や乗客員数、快適性においても世界トップクラスで、機械科の生徒の中では話題になっていた。

「俺の家、飛行場や。明日の日曜、ちょうど来よんねんや七〇七」

僕は次の就職のことは白紙であったがやはり機械設計関連の仕事に就ければ、と漠然とは思っていた。

「飛行場いうたら伊丹のか」

「そや、明日の十一時に着陸や、万博へ向けての試験飛行やて。大勢の人が見に来るけど、俺らは特別席や。来るか」

僕は落ちあう場所と時間を確かめ合った。

「伊丹アッパチ部落いうたら、みんな知っとうわ。へへ」

アパッチ部落？　父から聞いたことがある気がした。

「国鉄伊丹駅から東に一本、道を真直ぐ行ったら橋があって、その川向こうや。渡った橋の所で十時な」と金は僕の肩を叩いて先に行った。北側に面した窓から遠くに飛行機が飛び上がって行くのが見えた。あそこやな、僕は飛び立った地点を見つめた。

十一

梅雨はまだ明けておらずどんよりと重たい雲が垂れ下がっている。蒸し暑く僕はハンカチで首筋の汗を拭きながら、金から教えてもらった駅からの一本道を歩いている。

渡っている五十メートル程の橋は、僕が住んでいる町に流れている神崎川の十キロ程上流にあたる。田んぼや畑が点在し、交通量も少なく郊外に来た気分がした。前に見える橋のたもとで手を振っているのは金だろう。

「よう来たな」

半袖シャツ一枚で首にはタオルを巻きゴムぞうりばきだ。学校で見る厳(いか)つい顔でなく風呂上がりのようなとろけた顔になっている。堤防の上から北東の方に飛行場の滑走路が細長く見える。両脇を草で覆われた土手の道を北に並んで歩く。頭の上をすれすれに飛行機が爆音をとどろかせながら滑走路にすべり込む。瞬間、タイヤからはボワッと白煙が立ち上るのが見える。グゥオーと耳をつんざく爆音が通り過ぎるまで会話は中断となる。僕は滑走しているエンジン音が小さくなるまで飛行機を目で追った。

「やかましいやろ、そやけど慣れるで。俺ここで生まれてな、子守唄みたいなもんや」

飛行場を囲む金網と堤防土手の二十メートル程の間には、薄汚れたバラックの家々が三、四十軒ほど無秩序に南北に細長くひしめき合っている。土手の右側にある幅二メートル程の草に覆われた斜めの坂を下ると、その家々の真ん中あたりに降り立った。

「チョオーセン村や、知ってるか。俺とこはな、飛行場作る時からやから、親子三代や」

父が言っていた、同じ故郷の人が「アパッチ」にいると、その場所に違いない。

「見にいこか、七〇七。後付いて来いや」

金の後に続いた。低い軒と軒の間を迷路のような細い道が続く。道が開けると相撲の土俵位な大きさの空地があった。真ん中に井戸があり、白い民族服を着、髪の毛を頭の真中で結わえたおばあさんが棒で洗濯物を叩いている。その横には共同便所なのか、戸が半分開き何匹かの銀バエが微かな羽音を立てながら、上に下に低く旋回している。土手の下全体が汲み取り便所や下水の汚泥などが入り混じった臭いに覆われていた。

「もうちょっとや」

金は歩きながら後ろを振り向いた。暫く歩き背丈ほどおおい茂った雑草を両手で開くと金網に突き当たる。飛行場を取り巻いている金網だ。頭上真上の飛行機の胴体に手が届きそうだ。

「空港ターミナルは反対側の豊中市で、そこは展望台もあって今見物人でいっぱいや」

金は草むらに座りながら煙草を取り出した。

「吸うか。……せえへんのか。そや！　今あかんわ、火と煙が出よる」

金は箱をズボンのポケットに仕舞い、胡坐をかき腕組みをした。

「そこの金網の下穴開いてんねん。そこから中に入って草むらに隠れながら滑走路近くまで行って見るんや」

「おい、ほんまに大丈夫かあ」

　僕は金の目をのぞいた。

「大丈夫やって。俺何回も行っとんやから。ただしや、一時間に一回ほどジープが巡回に来よんねん。話題の飛行機の試験飛行やから巡回を強化してるん違うか、それちょっと心配やけどな。そしたら、ボチボチ行こか。頭低してついて来いや」

　金の顔が厳つい学校の顔に戻った。

　僕は来たことを後悔した。ここまで来たらついて行くしかない。金は腹ばいになって草に覆われた破れ金網を芋虫のようにくぐりぬける。僕も同じ格好で金網を擦りぬけた。汗で顔に草の葉や砂がまとわりつき、腹ばいのまま手で拭った。

　腰を落とし、背の高い雑草に覆われた飛行場の草をかき分け、小走りで滑走路の方に向かった。百メートル程は走ったろうか。腹ばいになり、草の間から鎌首のように頭をヌウーともたげる。目の前にはセメントで固めた白い滑走路が、遠くには管制塔とターミナルビルが見え、その屋上には多くの黒い点がうごめいている。

「後は待つだけや」金は汗もぬぐわずゴロリと仰向けになり、両手を頭の後ろに組んだ。空を見ている顔のもみあげの横には葉っぱが二枚へばり付いている。僕もその横に平行に横たわった。草いきれでむっとする。人型に草が倒れ、覆い被さってくる草の窪地から空が見えた。雲の切れ目から青空がのぞいている。二人黙って空を見ている。

「今度の集まりやけど、案内文書けたんか」葉っぱの付いた顔を向けられた。

「いや、まだや」

「みんな来るかなあ」

そう言い、仰向けになったまま金は右腕を目に寄せ、時計を見た。

「ぼちぼち来る時間や」

ジープはその間一回だけ金網内に沿ってある道路をゆっくりと通っただけだった。

草の隙間から東の空を見ると明るいライトが二つこちらに向かってくる。

「あれやろ、七〇七は」僕は興奮気味で言う。

グゥオオー、だんだんと音が近づいてくる。

「音が違うわ。腹に響きよる」金は腹ばいになりながら頭だけを上げ、両手で耳を塞いでいる。僕も寝転んだまま体を回転させ両肘を立て、耳を塞いで草の間から目を凝らした。

空気振動で頬が波打つ感じだ。クジラのような大きな機体が爆音をとどろかせながらゆっくりと向かってくる。前方滑走路にタイヤが滑るように着き、ボアッと白煙が上がる。太い胴体が目の前を一瞬で通り過ぎた後、草をなぎ倒し二人の髪の毛を巻きあげて風が走る。その後を焦げたゴムの臭いが追いかけてくる。

滑走を終えた機体は走行レーンをターミナルの方向にゆっくりと向かっている。ターミナルの屋上の黒い点の間から白い点が動く。小旗でも降っているのだろう。二人はモグラが頭を出したように飛行機が止まるまで目で追った。

帰りは金網めざして腰を低くして一目散に駆けた。金網の下をくぐりもぞもぞと表に出ると、僕はああーと大きく背伸びをした。

「七〇七、ちゃんと見たか。……俺なあ、就職、親戚がしている神戸新開地のパチンコ屋で働くつもりや。お前は、機械設計の仕事絶対せえよ。通るまで何回でも受けたれや」

「そやなあ」僕は気のない返事をした。

家が密集している方向に並んで歩いた。飛行機が爆音をとどろかせ、また着陸している。僕は少し慣れたのか、爆音の方を見なくなった。

「ここ俺の家や」

金は狭い路地で立ち止まった。壁も戸も板を張り合わせ、屋根は波型のトタン板の低い家であった。

「俺の家に来たん、お前が初めてや。ここで待っとけや」

金は開き戸をあけ、背を屈めて薄暗い部屋に入って行った。

「建鉄かあ。外に誰か来てるんか」

中からか細い女の声がした。

「誰や、友達か、友達やったら中に入ってもらい」

「オカン、かめへんから寝とき。来んでもええから」

弱わよわしい咳が二、三回聞こえた後、静かになった。

金は急いで出てきた。自転車の鍵を右手で振り、「これで駅まで二人乗りや」

「建鉄ヤあ、日本の友達か。中入ってお茶でも飲んでもらい」

咳とともに小さな声が薄暗い奥からまた聞こえてきた。

「ええ言うてるやろ」

金は戸をバタンと強く閉めた。家がブルっと揺れた。

十二

［南摂工の朝鮮人生徒の集いの案内］

ボクらは日本に生まれて住んでいますが、考えればほんまは朝鮮半島に生まれて、そこに暮らしているのが自然の姿やったと思います。そしてここでは就職や結婚の時など、差別があることはみんなも身近に見聞きして知っていると思います。

ボクらが持っている思いや悩みなんかを自由に話せる場があれば、いろんなことを前向きに考えることが出来るかもしれません。一度集まりませんか。

社会科準備室に来た生徒は僕ら三人を含め、六人だった。

朝鮮人生徒がいるクラスの担任から生徒に案内文を渡すような形にしたが、協力的でない先生もいてみんなにいき渡ったかどうか分からない、と山尾先生は小声で奥原先生と本山先生に話していた。

一年から一名、二年から二名で、前回と同じく自己紹介程度で、その三名からの声も少ない。山尾先生が大半を一人で喋った格好となり、ぎこちなく集まりは終わった。新しく来た三人は無言で帰った。

「なんや、先公ばっかり喋って、今日来た子、次から来へんで。俺、やんぺや」

金は一人わめいた。僕はその言葉に反射的に反応した。

「僕ら、先生に頼りっきりや。案内文も一人ひとり顔見て僕らが手渡しした方がええと思う」

僕は言ってしまったあと、自分の責任のしんどさを感じ、後悔した。

次もすること、二学期の早い時期がよいこと、今日の集まりの報告を第二回の案内文にすることが話された。

「俺、文書かれへんから、張、次お前書けや」

ふてくされた金は、横の張を見た。

「いいですーうよ」

表情を変えずに張は答えた。

その二日後の昼休み、僕は弁当を食べ終わり、図書室にでも行こうと立ち上がったとき、開き放たれている教室のうしろ戸から金が急ぎ足で来るのが見えた。眉を吊り上げあわてたようすで僕の横に滑り来た。金が怒りの形相で飛び込んで来たことで、教室には戦慄が走った。弁当をまだ食べている者は箸をとめて金と僕のやり取りを見ている。みんなの目が二人に注がれ、ざわめいていた教室が一瞬静かになる。

「ええかあ、ちっと顔貸してんか」

金と知り合う前ならビビっていただろう。金を前に二人でうしろ戸の方に歩いて行くとみんなの首がゆっくり動き、二人を目で追っているのが分かる。

廊下を歩いているあいだ、金は腕組みをして無言で時折チッと舌打ちをした。「クッソー」と自分に言っているのか小声も聞こえる。階段を過ぎ廊下の突き当たりまで来ると、金はクルッと体をひるがえして早口で捲(ま)くし立てる。

「お前、国語の浅野知っとうやろ。あの先公、俺ら馬鹿にしよってん。前々からあって、我慢しとったけどな、二年生が昨日、悔しい言うて泣いて来よってん」

浅野先生の口癖は、「私は東京大学大学院で古事記の研究をしていたのですが、ある日研究を深めるよりも……」、僕もその続きは言える。古典の素晴らしさをこれからの若い人に広める大切さを思って研究所を辞し、教師になりました、と。

僕も入学した時には、高校はすごい先生がいるものだと感心し期待もしたが、三回目の授業までにはそのメッキが剝がれ落ちた。あいつ何かしてクビなったたん違うんか。どこの「灯台」や。みんなはささやき合った。

授業は生徒不在で自分中心の展開をする。数十分の遅刻や同じくらい早く終わることも日常的だ。一度は十分ほどだけ授業をし、「終わり」と一声あげ、そそくさと教室を出て行った事もあった。

「私の授業は質の高い大学なみの内容やから、短い時間でも中身が濃い。ついて来れる者だけついてきたらいいんや」

反省も無く、平然とした顔で言い放つ。授業中は無機質な時間だけが流れ、みんなに苦痛を強いている。

一年の二学期のときだ、たまりかねて僕は声を出す。みんなも頭を上げた。

「せんせ、難しくてよう分かりません。僕らにも分かりやすいように教えてください。そんで、その板書も続け字で読みづらい。みんなも同じこと思っています」

浅野先生は銀縁メガネの中心を右中指で押し上げ、教室中をゆっくりとにらみまわし、

「義務教育違うから、いややったら出ていけよお」

語気が強まる。

そしてまたメガネを押し上げ、クルリと背を向けて前よりも一層と達筆な文字をカタカタと書き始めた。

僕は何人かの生徒とすぐに奥原先生に訴えた。その後、奥原先生と浅野先生が職員室で怒鳴り合っていた、と教室で武井らが話していた。そのことがあってなのか、二年からは国語の先生が代わった。

金は、話を続ける。

「二年二組の新井いう奴知っとうか。バスケ部の背の高い奴や。朴言うんやけどな。浅野が授業を十五分早よ終わって帰って行きよってん。こんなことが前にもあってな、新井が、なんで早よ終わるんかと聞いたんや」

金はフンと鼻から息を抜いた。

「そしたら、うるさい、授業はワシのもんやからワシが決める、いうて。新井・朴は授業は僕らのもんや、いうて言い合いや。うるさいバカたれの言葉に、周りの生徒も浅野に、

授業したらんかい、言うて声をあげたんや」

金はだんだん早口になる。

「新井が興奮して、詰め寄って授業早よせんかえ言うて大声を出したら、朝鮮みたいな口きくな言うて、チョウセンと何回も繰り返して、戸閉めて出て行きよってん」

「浅野先生は新井を朝鮮人と知っとったんか」

「それは分からん。知らんかってもや、相手をおとしめる言葉にチョウセン使いよってん。知っとったら、もっと悪い。違うか」

目をにらんで来た。僕はゆっくりとうなずいた。

「そんでな、話はこれからや。放課後、浅野に、何でチョウセン言うたか、その説明を聞こう思てんねん。お前も来てくれ。六時間目、二年二組が浅野の授業やから、その後そこでするつもりや。ええか、絶対来いよ」

部活を休むことにためらいはない。五時間目の始まりを知らせるチャイムが鳴り響いた。

六時間目が終わった放課後、掃除当番に当たっていたがすっぽかしてすぐに行くつもりでいた。見ると二人だけがほうきを持っている。当番は六人なのに、と僕は仕方なく後の掃除道具入れに向かった。

「早よ、パッパッと片づけようぜ」

二人を急かせながら、ほうきを素早く動かしてゴミを粗く一カ所に集めた。埃が立ちあがる。埃がまだ舞ってる中、後ろに寄せている机をズルズル引きずって急いで並べる。机の向きはチグハグになっている。

「三分の一、僕の分は終わったから行くで、ゴミ頼むわな」

一方的に喋り、二人の返事も聞かずにカバンをつかみ教室を飛び出した。

二年二組の教室は二階にある。僕は三年二組だから真下だ。二つ飛ばしで急いで階段を降り、教室に小走りで向かう。

その教室からは人が溢れ、何人もの入れない生徒が開き放たれた廊下の窓越しから中をのぞいている。教室から大きな声が聞こえる。僕は息を弾ませ、うしろ戸から体をひねって入り、群れている生徒をかき分けて前を見た。汗が首元まで垂れ、手の甲でぬぐう。

中央の教卓は向かって左の窓側に運ばれ、その中央に浅野先生が椅子に座っている。先生のワイシャツは第三ボタンまではだけて下着の襟が見え、裾はベルトから抜け、だらしなく垂れ下がっている。その左側に金、右側はおそらく二年生だろう、三、四人が浅野先生を取り囲んでいる。教室の席がほとんど埋まっているのは、二年二組の生徒が帰らずに残ったためだろう。他のクラスや一年、三年の顔も見え教室の後ろで、所狭しと立っている。奥には武井と川田の顔も並んで見える。みんなの顔は前に集中して物音一つしない。ムッとし、教室は殺気立っている。

僕は、金と当事者の新井・朴とそのクラスの子ら二、三人ほどの話し合いかと思っていた。浅野先生に対してはみな少なからず憤まんやるかたない思いがあることは、一年の時の出来事を考えると理解できるが、この数と雰囲気は予想外だ。

「あんな、もう一回聞きますけど、昨日なんで、十五分早よ終わったんですか。これまでも何回もあったけど」

背の高い二年生が聞いている。先生は、腕を組んだまま口をへの字にし、中指で銀縁メガネの中央を押し上げている。

「ええ加減に答えたれや。何回聞いたらええねん」

ドンと、横にある教卓を蹴った。金だ。

「お前三年やろ、関係ない。ワシのシャツ引きちぎったのは、暴力行為として生徒指導部に報告するからな、ばかたれが」

首を斜め上に向け、金をにらんでいる。

「話し合いをしてくれと、後輩が頼んでんのに、あんたが振りきって逃げて行くから、俺は行かんようにシャツをつかんだだけや」

そや、そやと、座っている席から声がし、教室がざわめく。

「こんなばからしい話し合いは終わりや。ワシは帰る」

先生はすっくと立ち、行こうとするが周りにいる二年生が体で行き先を塞ぎ、押し合いになる。

「どけえ」銀縁メガネが横にゆがみ落ちそうになる。

「帰るな。話し合いせんかえ」「ひきょうやぞ、帰んな」「話したれや」「こら、先公、逃げるな」

座っている生徒らもばらばらと声を出す。僕の横から見える武井も川田も口を開けて叫んでいる。誰かの足を踏み鳴す音がする。ドン、一つが二つになり、ドンドン、四つが八つになり、ドンドンドン、教室中が鳴り響く。ドンドンドンドンドオオ……。今年一月にあった東大の学生団体交渉とそれに続く安田講堂への放水場面が頭をよぎった。

浅野先生はあぜんと後ずさりしながら、椅子に尻餅（しりもち）をつくように座った。背の高い二年生がみんなに向かって両手のひらを上下させ、音を出さないように制止した。靴音は徐々に収まっていく。

「先生、最後、も一回聞きます。なんで早よ終わっ……」

「うるさい、徹夜で論文書いとったんじゃ」

質問の言葉を途中でさえぎり、いら立ちの声をあげた。

「博士号の学位論文や。何回も言うが授業時間短くても、どこの受験高校にも負けんだけの内容しているッ」

「学位論文、徹夜、けっ、それ、お前の勝手やんけ。分かる授業したらんかえ。ここ受験校違うぞ、あほんだら」

間髪を入れずに大きな声が上がる。一斉に声のする方にみな顔が向いた。僕も横を向く。顔々の間から、武井が大声を張りあげているのが垣間見えた。

「そおや」「そや、そや」「ちゃんとせいよ」「あほお」声があちこちで上がる。

「ほんでな、もう一つ聞きたいことがあんねん」

金がおもむろに一歩前に出て先生を見る。

「朝鮮みたいな口きくな、いうことはどういうこっちゃ。言うてない、言わせへんどお」

腕組みをし、口元を強く結んで先生はまたメガネを押し上げる。

「そのあとも、何回も言うたいうのはアンタの考えの中に確固としたもんがあるから違うんか。それ何やねん。ハッキリせんな俺らも辛いねん」

先生は目をつむり、腕組みしたまま肩を上げて、前屈みになり体全体を丸めた。

「そやから、先生、何が言いたかったんや。早よ言わんかい」

金は先生が座っている椅子の足を蹴った。椅子が揺れる。瞬間先生は腕組みをほどき、斜め前の金をにらむ。

「こんなことするから、チョウセン言われるんや。嫌やったら国に帰らんかえ。ばかが」

「なにお！」

金は左手で先生の右襟をつかみあげる。引き上げられた先生のシャツの残りボタンが弾け飛ぶ。金の右こぶしが上がり振り下ろされる。

「金！　なぐんな！」

僕は前の生徒を押しのけ、机の間を抜けて前に走り出る。教室中の視線を感じる。

「うるさい、こんな奴はしばかな分からへんのや」

「そや、やってまえ」「なぐってしまえ」

後ろ、前から声が聞こえる。

「手出したら、負けや」

僕は両手で金の上がった右腕を抑えたまま二人の間に体をねじ入れる。

「頼む、我慢してくれ。なぐったらあかんのや」

目の前に、怒りにつりあがった金の顔がある。

「手放さんかい、そこどけや、どけ！」

金が押してくる。金は左腕で先生を力任せに引き寄せ、僕の肩に先生の顔がピタッとくっついているのが分かる。

「なぐったら、もっと差別されるだけや」

僕は両足を踏ん張り、押されるのを堪える。先生のメガネが肩にあたり下にずり落ちる。

小刻みに震えていた金の右手が緩んでゆく。合わせていた胸に隙間が出来る。僕は両手でつかんでいた金の右手首からゆっくりと手を離す。

「なぐりたいのは僕も同じや。今は耐えてくれ、お願いや」

金の左手から解かれた先生は椅子にゆらっと落ちるように座る。はだけたシャツが前に垂れ下がっている。ハッとして先生は前に落ちている眼鏡を拾い上げ、後ろに置いていた教科書とチョーク箱をつかみ、出口に逃げるように向かう。

「逃げよるぞ」「逃がすな」

教室から声が上がり、同時に二、三人が体を張って進路を塞ぐ。

「開けたって。今日は終わりやから」

そう言ってしまっている自分に僕は驚いた。先生は金と僕らをにらみ、立ちはだかる生徒の間をすり抜けて素早く出て行く。はだけたシャツの裾がひるがえる。

顔をつりあげたまま金は腕組みをして窓枠にもたれている。教室の生徒たちはぞろぞろと出て行く。僕は武井と川田を目で探した。流れに沿いながら出て行くところだ。二人と目が合った。武井はあのニヤリとした笑いを浮かべ、後ろについていく川田は、右こぶしをゆっくりと大きく振りながら出て行った。ほとんどの生徒が帰ったあと、教室の一番後ろに張がぽつんと立っている。僕と目が合うとゆったりした歩調で前に来た。

生徒が出た後の教室は寂しいくらい静かで、聞こえてくるのは野球部のカーンという打撃音とブラバンの管楽器音、今日は打楽器なのか時折りチィーンという音も混じっている。

僕、金、張、二年の新井とその友達の二人だけが教室の前に残った。

「余計なことしやがって、腹の虫がおさまらん。クソッ」

金の尖がった顔はまだ収まってない。

「偏見持っとう先生まだおると思うで。そんでな、学校の勉強だけして僕らええことあるんか、何が僕らの力になるんか、就職落ちてそれずっと気になってる」

僕は初めて自分の胸の内を言葉に出した。

「ええことなんかあらへん、分かりきったことやんけ。そやから何すんねん」

金がカリカリして言う。新井ら二年生が成り行きをじっと見ている。

「やっぱし、先生らに僕ら朝鮮人のことどう思っているか、そんでどう教育しようとしているのか聞いていくことから始めるしかない」

僕の後に続けて、張がおっとりした口調で話す。

「朝鮮人が先生を一方的に吊るし上げたという変なうわさ流れる前にやなーあ、この事情と、これはみんなにも関係あることやいうこと、知ってもらわなあかんと思うでえー」

「ほんなら早い方がええ。……僕に考えがある。みんなの協力がないとでけへん、ええか」

僕の周りにみんなの頭が集まった。

チィーンという音がゴングのように聞こえた。

話が終わった後、僕は金と張を誘って社会科準備室に向かった。山尾先生は僕らが来るのを待っていたかのように、ソファーの真ん中に座っていた。

「おお来たか。職員室では噂になっとうぞ。金、お前、手は出してないやろな」

三人が向かいのソファーに座る前に山尾先生は金を見て言った。金は「うるさいわい」と言いながら右手を横に二度振り、否定しながらドンと尻を落とした。ギシッとつぶれんばかりの音がする。

「あほか、ワシ三年の学年主任や。その件で生徒指導部から話があると思うから、お前を弁護するために聞いただけや」

僕は先程の話し合いの経緯と様子を早口で山尾先生に喋った。

「ほんでな、先生、頼みがあんねん」

僕は体を乗り出し、明日生徒を集めてこの間の説明と、僕らの朝鮮人差別についても訴えたい、その計画を打ち明けた。

「その案内の印刷して欲しんや。悪いけど、生徒は授業中やけど集める。みんなが来てくれるかどうか分からんけど」

「えー、ちょ待てや。ビラ配って授業中に生徒集会か。フムー」

山尾先生は目を閉じてきつく腕組みをした。目を閉じても開けても太さはさほど変わらない。

「大阪の高校では学校をバリケードで封鎖したいうてるやん。服装自由化とか、校則を変えろとか、僕らはあれと違うで、何かしてくれ言うてない。知って欲しいんや」

ギシギシと音を立てながら、僕は更に体を乗り出した。

「こら、黙っとかんと何か言うたらんかえ。俺ら勝手にやるだけのことや。印刷してくれへんのか」

金はいら立ち気味に声を上げた。張はソファーに深くもたれ両手を頭の後ろに組み、やり取りを観ている。

おもむろに先生の目が開く。少し太くなっている。分厚い唇が重そうに開く。

「よっしゃ。印刷室でするの目立つから、ここの謄写版(とうしゃばん)でするか。そんであと何がいるんや」

僕は体を元にもどしソファーに深々と座りなおした。山尾先生は部屋の壁側の机にある謄写版の横からヤスリ板と鉄筆とロウ原紙を持ってきて、窓側の空いている机の上に置いた。

「ガリ版したことあるんか。誰がするんや」

「できるでえー、小学校の時に学級新聞係やってん」

張が両腕を後ろに組んだまま間延びした語調で言った。文章は僕が原案を作り、三人でそれをまとめた。山尾先生は紙束の封を切り謄写版の横に積み上げた。謄写版のローラーは張が回し、パネルは金が上げ、僕は印刷物をめくり抜く。初めは息が合わなかったが、だんだんと機械仕掛けの人形のように寸分の違いも無く自分の分担をやりこなす。ホイホイホイと餅つきのように掛け声も熱を帯び、最後のホイーは金が絶叫した。顔を見合わせた三人からクックックックッと噛み殺した笑いが出た。

作業を終えたのは九時を回っていた。窓からは、遠く煙突頂上の点滅灯が二つ三つ蛍のように瞬いた。

その夜、僕は地下排水溝に流されている夢をまた見た。手足をバタつかせ転げ回っている金と張もいる。白いチマチョゴリを着たばあちゃんが僕の手を握り引っ張り上げようとする。流れは恐ろしいほどの速さと水量で、ひとたまりも無くばあちゃんは頭から呑み込まれる。握られていた手ははがされ、僕は黒くよどんだ流れの中でもがく。

気がつくと汗が全身から噴き出ていた。相変わらず床下からグォーという不気味な音が響いている。僕は浅い眠りの中で朝を迎えた。

十三

朝早く六人は校門前に集まった。門は開いているが生徒の姿はまだない。門の右手には創立以来という柳があり、今は一抱えでは回りきれない程の幹になっている。し垂れている枝の下で手順の打ち合わせをする。雲は垂れ下がり、どんよりと曇っているが、朝の風はまだ涼しく、柳の葉がみんなの頭をなぞる。

「登校してくる生徒に渡すんや。ええか校門の外でやで」

僕は地面に置いた風呂敷包みを開き、重なっている大学ノート大の紙束を分けて配った。


目覚めよ！　南摂工生！　三時間目、体育館に集まれ！

すでに聞いている人もいると思いますが、昨日の放課後、浅野先生と二年二組の代表らで話し合いを持ちました。それは浅野先生が授業を早く終わった（これまでも度々あった）理由と、民族差別的な発言があったことへの話がしたかったからでした。

そのことの報告会を、三時間目に体育館で行います。大切な話ですからぜひ集まってください。

南摂工高の教育を考える有志

僕はこれからしようとすることの怖さを何度も反芻(はんすう)し、気持ちの中に封印したつもりだったが、自分の心はごまかしようもなく、まだ情けなく動揺している。

校門に続く道の両側に三人ずつ紙束を抱え、向き合って並んだ。その挟んだ間を流れる生徒たちに配る態勢だ。僕と金がそれぞれの先頭に立った。早朝練習の部活の生徒らがやって来た。

「おい、三時間目、絶対こいよ、大事な話や」

金は相手の顔をにらみ、有無を言わさず手に握らせた。その後、生徒たちはパラパラと登校し、暫くするとゾロゾロやって来た。特に校門横のバス停に市バスが止まる度に集団がやってくる。六人は次々にあわただしくビラを配る。先生達は立ち止まり読んでいる。

「おらあー、ちゃんともらって行けよ」

仁王立ちになり、声を張り上げている金をさけ、僕の側に生徒は寄って来る。八時を過ぎたころ、先生が二人校舎からやって来た。浅野先生ともう一人は生徒指導部の猪口先生・イノブタだ。二重あごにシャツの下からふくれ、垂れ下がった腹が見える。すぐになぐる癖があり、生徒は怖がっているが、逆上がりもできない体育教師と裏では嗤われている。

「ちょっと待て、誰に許可をもらって配ってるんやッ」

僕の横に来て猪口先生が言った。その肩越しに隠れ、指でメガネを押し上げ上目づかいでこちらをのぞいている浅野先生の顔がある。金が寄って来た。他の四人はこちらを気にしながら、流れて来る生徒たちにビラを配っている。

「金村か、お前、後で昨日の件で話があるんや。チッ、いつもお前やな」

猪口先生は横を向きペッと唾を吐いた。

「俺何もしてないで、みんなが話したい言うてんのにコイツが逃げるから止めただけや」

金は後ろにいる浅野先生をのぞきながら言った。

「金、悪いけど元に戻って配っとって。……ここは学校の外で許可はいらんと思うし、そんで『自由と自治』が校訓やと教えられてきた。それしてるだけや」

僕は、屁理屈であっても開き直ろうと決めていた。体が震えた。抑えるために下唇を噛んだ。生徒が次々とやって来て、ビラを受け取る者や足早にそのまま行く者などで校門前はごったがえしてくる。二人の先生は生徒の流れに押されて校門の中にもどされた。

「このガキ、お前ら、後で処分したる……」

校門の中から猪口先生は後ろ向きに歩きながら声を張り上げた。

武井が一時間目が始まる間際に登校してきた。僕からビラを受け取り、校門の中に小走りで入って行った、と同時にチャイムが鳴った。何人かの遅れてきた生徒たちがあわてて校舎に走って行く。六人は柳の下に頭をそろえた。

「三時間目に体育館。それまではちゃんと授業を受ける。みんな二時間目が終わったらすぐに来てくれ」

そう言いながら、僕はみんなの余ったビラと地面に散っているビラを拾いカバンに仕舞った。

僕は二時間目の授業は受けなかった。一人西側にある体育館への渡り廊下を歩いているあいだ中、ドックンドックンと鼓動が激しく打った。うまく説明できないが、置き去りにされた怒りに違いない。今まで経験したことのないほどに神経が高ぶっている。あの地下排水溝の激流にさえ向かって行ける。世界中いや全宇宙がかかって来ても怖くはないぞ。目の前の体育館入り口のぶ厚い鉄扉さえも、ひと蹴りで破れる気分だ。

三時間目は体育館での授業はないことを予め調べていた。時間まで体育館横の植え込みに座りこれから起こる事態を考えた。もう引き戻れない。奥原先生と本山先生にはこの件は伝えておくと昨夜別れ際に山尾先生は言っていた。

体育館での授業が終わったのか、扉が開き体操服を着た生徒がぞろぞろと渡り廊下から教室に向かって行く。もうすぐ二時間目終了のチャイムが鳴るだろう。金と張が戻って行く生徒たちを避けながらこちらに向かってくる。

三人並んで南側にある体育館入り口扉から入った。体育館の北側は幅二十メートル程の舞台になっていて文化祭や映画会などの行事もここでする。東、西側の窓はすべて開け放たれていて、二階の高さにある高窓のカーテンが揺れ、湿気を含んだ生暖かい風が入って来ている。

張が早速マイクのセットをし始めた。昨年の文化祭の時に裏方をしたので要領は分かっているとのことだった。舞台下の真ん中にスタンドマイクがポッツと立った。全開された体育館入り口扉の前に三人寄って来る。

「ほんまに来よんのんかいな?」

金は腕組みをして渡り廊下を見ながら独り言のように呟いた。二年の新井ら三人が走ってやって来るのが見える。その後ろに先生だろう三人ほどが早足で向かって来る。猪口先生と浅野先生の姿も見える。その時チャイムが学校中に鳴り響いた。

「お前ら、ほんまにする気やな。止めろ、という指導不服従で処分や。みんな生徒指導室に行こうか」

息を弾ませながらそう言った猪口先生の横から浅野先生が僕と金を指さし、

「昨日と同じや。コイツら二人が不法な集会を扇動した張本人に違いない」

目を剝き金切り声を上げた。

猪口先生が「さあ行こッ」と金の手首をつかみ引き寄せた。

「何するんじゃいッ。離さんかえ。イノブタやるんか」

金は手首を激しく振りほどき、素早く両腕を胸元に構えた。同時に猪口先生の右こぶしが金の顔面に飛んできた。金は反射的に首を後ろに反らし、こぶしはむなしく空を切る。渡り廊下からいっぱい人が押し寄せて来た。続く後ろには黒い塊りがこちらに向かい、うごめいている。ぞろぞろと体育館に入って行く生徒の勢いに僕も金も壁側に後退りした。

「さあ、行くで」

僕は自分に言い聞かせるように語気を強めた。六人は体育館に入って行く生徒たちの流れに乗り、なだれるように体育館に入った。

「こらッ、待たんかい」猪口先生の尖った声が後ろから聞こえる。

体育館の入り口付近で人だまりができている。僕は押し分け、舞台下中央に急いだ。マイクを握り、いつもの整列態勢のように西側から一年一組、二年、三年とその場に座るように話した。マイクを使い、ましてや大勢の前で喋るのは初めてだ。喉が渇き引っ付きそうだ。落ち着け落ち着け、と自分に言い聞かせる。右横には金が大股を開き、腕をきつく組み、顔を真直ぐに上げている。張は舞台の下手に立ち、音量の調整をしながらひょうひょうとした顔つきで体育館全体を見まわしている。顔をひと回ししたあと、歯を剥(む)き笑う仕草をしながら、僕に右手でＯＫサインを出す。生徒たちは次々とやって来たが、先生らは誰も来ていない。

三時間目が始まり十分は過ぎた。全校生徒人数は集まっていないが、様子から見ると六割程度、五〇〇人は集まっているだろうか。館内は蒸し暑さでムッとしている。

「えらい集まって来ょったなあ。大丈夫か」

金は寄って来て左肘（ひじ）で僕の右肩を突っついた。ざわめきが徐々に静かになり、みんなの頭の揺れが小さくなる。

「みんなええですか。最初に昨日二年二組であったことをその組の人から話してもらいます」

僕はゆっくりと感情を抑えて話した。隅に小さく固まっていた二年の三人がおずおずと中央に出て来て真ん中の背の高い新井が喋り始めた。

「昨日の放課後、私らのクラスに来た人は分かっていると思いますが……」

新井は今までの浅野先生のデタラメさを切々と述べた。授業を自分の都合ですること以外に、この前の中間考査の試験問題では「芥川龍之介について述べよ」の一問だけで、半数以上が〇点で最高点が三十点だったこと。授業は一方的で、何かあればすぐに欠点にすると脅（おど）す。気に入らない反抗的な生徒には本当に単位を認めなかったりしたこと。僕も初めて聞く内容があった。

昨日の教室での反応のように、聞いている生徒の中からも声があがる。

「それは浅野だけと違うぞお。他の先公も似たりよったりや。あいつもそうや……」

三年側からその先生の名前が三名あがった。それをきっかけにマグマ溜り(だま)でガスが噴き出すようにそこかしこで次々と先生の名前が叫ばれた。みんなの頭が左右に揺れざわめきが広がる。

「みんな静かにせんかえ！」金がマイクなしで大声でわめいた。瞬間、頭の揺らぎはシュッと止まる。

「ちょっとみんなええか、もう一つ話があるんや」

僕はマイクをきつく握り、自分を納得させるように唇を結び素早くうなずいた。

「僕は三年の吉川言うんやけど、ほんまの名前はチェ言うんや。チョウセンや、日本で生まれ育った朝鮮人や。そんでいつも思っとった。なんで朝鮮人なんかに生まれたんやと、産んだ親もうらんだ。呪っても何にもならへん、僕がガンバルるしかない、そう決めたんや。頑張ったけど、就職試験に落ちてん。なんでや、僕なんか悪いことしたんかあ」

熱いものがこみ上ってくる。ダメだ、続けろ。カーテンがめくれるだけで物音ひとつしない。

「浅野先生は『朝鮮みたいな口きくな』と言った。抗議したら、『そんなんするからチョウセン言われるんや。嫌やったら国に帰れ』と。僕ら朝鮮人に学校に来るな言うとうと同じやと思ってん。ここに座っている中にもこれと似たような考え持っとう子おると思う。そやけど僕らたまらんのや。そんなん、学校全部で無くしていこう思っている。そんでな……」

言い終わらないうちに、「ええか！」三年の後ろの方で大きな声と手が挙った。頭はその声の方にフッと一斉に向く。武井だ。のそっと立つ。

「俺はその吉川・チェと同じ組の者や。この前の学級会で吉川が朝鮮人と分かった時、溝ができて嫌や思てん。俺よりも下の朝鮮人がおることが気持ちの支えやってん。それがなんで友達の吉川なんやと。しかし後で考えたらそれを言うた吉川はえらいと思ったんや。人に知って欲しくない辛い思い、そやけどそれがほんまの自分の姿やんけ。言わしてもうたら、チェらを下に見ず、辛いことでも言い合えるそんな仲間、学校やったらええと思っとる」

武井は照れながら座ったが、思い出したようにすぐにまた立ち上り尻を両手で払う仕草をした。

「やっぱしやなあ、先生に来てもらお。浅野のことは他の先生も同じようなこともあるし、俺がさっき言うた学校の事もどう思っているか聞きたいわ。みんな、どや！」

最後の、どや、は叫び声だ。みんなの頭が左右に揺れる。「そうや」「先生、呼んだれや」「連れてこい」の声がざわめきの中から聞き取れる。

「僕もそうしたいと思とった。ええ加減な先生や、言うこと聞かなかったらなんで『指導不服従』やねん。そんで一番聞きたいのは、僕ら朝鮮人のことや、どんな教育するんやと。全員の先生に聞きたい」

僕が言い終わると、次々と声が上がる。

「俺らもいっしょや」「早よ連れてこいや」「そやそや」……

パラパラと手が叩かれ、やがて大きな拍手となった。

俺も呼びに行ったる、と武井が前に座っている頭をかき分け前に出てきた。後ろについてくるのは川田だ。

「一緒に行ったら、下手すると退学になるかも知れんで、ええのか」

僕はマイクの横に来た武井と川田に言った。

「川田、お前まで来ることない、ここに居れや。……よっしゃ、チェ行こうや」

武井は僕の腕をつかんだ。僕は、ちょっと待てや、と腕を解き正面を見渡した。物音も無くみんなの目は正面を見据えている。

「みんな、今から職員室に行って先生を呼んでくる。来てくれるかどうか分かれへん。次の四時間目から始められたらと思っている。そんでな、もう一遍言うけれどこの集まり強制違うから、いつでももどってもええねんで。……そしたら行ってくる」

僕と武井、金が後に続いた。ついて行くと言った二年生の三人は残ってもらう。張は舞台上の隅で成り行きを見ている。同時に、数十人の生徒たちは立ち上がり体育館からぞろぞろと出て行った。

職員室の引き戸を金が思い切り開けた。勢い余ってガンッと大きな音を出した。先生たちの顔が一斉に入り口の三人に向けられる。三時間目は授業にならなかったのか、五十名を超えるほとんど先生が職員室にいるようだ。ふだん各科の職員室にいることが多い機械科や電気科、建築科の先生達の顔も見える。壁側のいつも先生がミィーテングをしている応接セットのところでは椅子を所狭しと集めて先生達が車座になっている。この事態を相談していたのだろうか。山尾、奥原、本山、浅野、猪口、教頭先生らもその中にいる。

静まり返っている職員室に金がのしっと大股で入って行く。僕と武井が後に続いた。職員室中の視線が集まる。

「センセらあ、体育館に集まってんか。みんなが話があるいうことや」

金は、センコオら、と怒鳴らなかった。

「こら、お前ら何様と思っとるんや。いつまでもなめとったら承知せえへんど。なんで生徒の言うことをや、聞かんなあかんねん。アホンダラ！」

立ち上がり猪口先生が顔を真っ赤にして叫んだ。腹がブルンと波うつ。そこ目がけて金が突進していく。僕はとっさに金の肩をつかんだが、勢いに腕は弾き飛ばされる。形相を変え体ごとぶつかって行く金を直前で、正面から両手で抱きかかえたのは奥原先生、その後ろに山尾先生がやはり金に食らいついた。

「放さんかえ、あいつ俺を目の敵にしとんや。さっきなぐってきたんやぞ。邪魔すんな、どけや！」

前に行こうとあがくが、金の胴体に両腕をまわしている奥原先生の腰は動かない。

「先生ら、生徒が、話がしたい言うとんですよ。みんな学校を潰せなんか言うてないです。僕らの話を聞いて、学校ちゃんとしてくれ言うとんですよ」

僕が言った後、武井が一歩前に出る。

「話したい、聞きたい言う生徒が残ってる。まだ先生ら信頼しとんや。先生らどないすんねん。指導不服従で全員処分するんかいな。どやねん！」

金はもがくのをやめ、体も解かれる。

「学校で授業を受けるのは生徒の基本的な義務です。それを放棄するのは自ら学校を放棄するのと同じこと。そんなんは生徒でも何でもない、辞めたらいい。高校は義務教育と違う」

右手を振り挙げ言い放った浅野先生めがけて「このあほ！」と叫びながら金がまた突進する。奥原先生はまた腕を金の胴にきつく巻きつける。

「浅野さん、そんな戯ごと言うても何にもならへん、火に油や」

山尾先生は静かに言った後、職員室を見渡し大きな声を出した。

「先生方、みんなで泥かぶりまひょうや。教頭さん、校長にそう言うとってください」

教頭先生に顔を向けたあと、「さあ、みんな行きましょか」と山尾先生は戸に向かって歩いて行く。奥原先生も金の背中を押しながら後に続く。僕、武井も続いた。職員室がざわつき、暫くすると先生達はゆっくりと職員室から出てきた。体育館への渡り廊下で僕が後ろを振り返ると、つながれ曳かれるような列が続いている。

僕、金、武井は先生達の列から離れ先に体育館に走って行く。体育館に入るなり、金は叫んだ。

「みんなあ、センコウが来よんどお」

低いどよめきが起こりみんなは声の方を見た。暫くすると山尾先生を先頭にぞろぞろと先生達が体育館に入って来る。後ろの方には浅野、猪口先生が他の先生の陰に隠れるようについていている。生徒たちは無言でその流れを目で追う。

「先生ら、舞台の前に並んでえや」

左の下手側にスタンドマイクを移動して僕は叫び、舞台前を空けた。下手側に二年の三人と金、武井、それと川田も列に戻らず残っている。幅二十メートル程の舞台前に細長く先生達は数珠のように並んだ。張は舞台上からもう一本のマイクを中央下に並んでいる先生に渡した。

三時間目終業のチャイムが鳴った。渡り廊下からざわめきが響いてくる。これ以外誰が来るのだろう。金と顔を見合わせた。体育館の頭も声のする後ろの入り口の方を向いている。ざわざわとやって来たのは、先程出て行った生徒たちだ。

「残っとった組の奴らも連れてきたでえー」

誰かの大声が体育館に響く。ぱらぱらと拍手も聞こえた。入ってきた生徒達はそれぞれの組の後ろに次々と座った。体育館の後ろまで人であふれる。九百人を超える全生徒がほぼそろった勘定だ。窓のカーテンはだらしなく垂れたままだ。何人かの生徒が団扇代わりにしている下敷きの動きだけがスローモーションのように見える。頭はピクリとも動かず、舞台前に横長に並んでいる教師集団を見据えている。みんなは待っている。蒸し暑さと熱気で僕の首筋と額に汗がにじみ、手の平で拭った。

「先生ら、生徒の話を聞いたってくれや」

僕はそう前置きをし、昨日の二年での出来事、そして三時間目の集まりで出た話をかい摘んではなし、話を続けた。

「そんでな浅野先生の言葉は、僕ら朝鮮人にしたらほんま辛いねん。そんな先生に教えられて救われるか。先生ら、頑張れいうけど、僕らがんばってもええことない。ええことある教育してえな」

張がマイクの音量を上げたのがわかる。浅野先生はメガネの中心を指で押さえ、何か言いたげに眉間にしわを寄せ、僕をにらんでいる。

武井が、横から「貸して」とスタンドからマイクを抜いた。

「この前、吉川・チェが泣きながら朝鮮人いうた時なあ、俺は自分のこと思うてん。こいつもしんどかったんやなあと。今それに答えなあかんと思た」

武井は顔を上げて正面を見る。

「俺な、オトンいま刑務所に入っている。それを知られるのが怖い。バレへんか思って、いつもびくびくして生きとった。俺は、チェから勇気をもらったと思っているんや」

マイクをぶっきらぼうに返して、僕の顔を見て武井はいつもの笑いを浮かべた。

「今度、ミルキー買うて、お前の家行くからな」

僕は、その笑いに返した。

手が挙がる。うしろ前、右ひだり次々と挙がる。生徒を無視した授業、一方的に決めつけ機械的な対応の生徒指導、ごうまんな態度の教師の姿など、次々と学校、教師に対するうっ憤が口々に語られた。そして僕や武井の話に応えるように、自分の辛い胸の内を語り始める生徒たちがいる。友達が家に来た時、障がいを持った母親を押入れに隠した話があった。その直後、横にいた金が一声叫んだ。

「親をうらまんでええ教育しろや！」

会場は一瞬静寂（せいじゃく）に包まれる。体育館東西にあるカーテンが一斉にファーとめくれる。風が渡って行く。

「先生ら、何とか言うてくれや」

僕は、うなだれ並んでいる集団に声をかけた。何人かの顔がパラパラと上がり、前を見つめている。

「なんか言うたらんかえ」「俺らのこと分かとんかあ」「浅野、隠れんと前出てなんとか言え」「イノブタ元気ないやんけ、いつものようになぐらんかえ」……あちこちから声が上がり、ブオオーンと大きなうねりとなり、体育館が共鳴箱のように鳴り響く。

山尾先生が左横に並んでいる教師集団を一瞥（いちべつ）し、前に出た。

「ワシ、学校の代表でも何でもないけど。君らの思いワシも感じてたことやし、何とかしたいと正直思っている。ワシらあかんかったのは、教師間でケンカしてこんかったことや。中心軸は生徒や」

横にいた奥原先生も前に出て並んだ。前髪を掻きあげながら本山先生が右端の方から一歩前に出た。それに続いてそろばんの玉が弾かれるように一人ひとりぽつぽつと前に出る。猪口、浅野先生ものそっと前に出る。

「お前らうそ言うなあ！　そやからセンコウは信用でけへん、なんですぐに分かるんや！」

顔を真っ赤にした金が飛び出し、右端の猪口先生の襟首をつかみあげる。瞬間だ。あごのたるみが顔に押し上げられ下唇を隠した。僕も走る。張が舞台から飛び降り二人の間に入ろうとする。周りの先生らも離そうと二人を中心とした渦のようになる。

座っていた生徒たちも声を上げひとり二人立ちあがり、今にも前に走り寄る気配だ。立つ生徒が連鎖しながら体育館を揺るがす。うしろ前と連鎖は留まることを知らない。

僕は走り戻りマイクをつかんだ。

「みんな、落ち着け。暴動になったら学校がつぶれる。頼むから、座ってくれ」

僕は両手で祈るようにマイクをきつく握り締めた。

「座ってくれ……」

ぽつりぽつりとみんなは座り始めた。金は、武井と張に抱えられ左端に連れて来られて、どかっとその場に座り込んだ。

「今は先生らを信じるしかない。先生が、学校が、どう変わるか。僕らも自分のせんなあかんことをする。それがこれからも先生らと話し合える条件や」

いくつかの切っ先が浮かんだ。僕は唇を強く噛む。今度は声を出す。声をあげ、就職も、何度でも受けたる。

体育館に光が斜めに何本も射し始めた。雲の切れ目から太陽がのぞいたのだろう。ボクらの叛乱はこれからだ、と顔に射しこんできた光を見上げた。

（了）

※本作品は二〇一八年度・第四四回部落解放文学賞（小説部門）受賞

光る細い棘

一

「吉(よっ)しゃんも高校生になったたし、夏休みにアルバイトせえへんか」

新井のおっちゃんから声をかけられた。おっちゃんは仕事からの帰りのようで、下校する吉男の横に自転車を止め、片足を道に着けて、黒ペンキが点々と付いた作業服の肩口を叩きながら話している。綿毛のような細かいチリがふわっと舞い上がり、瞬間きらっと輝いたように感じた。

なんかベトナムでは戦争状態で、去年アメリカの爆撃機が北ベトナムの首都ハノイを爆撃して、おっちゃんが言うにはもう完全な泥沼状態や、そいで日本はベトナム特需で景気がいいいと。それでか、去年ビートルズがお金のある日本に来てくれたんだ、と吉男はひとり納得している。

「忙しくて、人がいるそうや。一日、千円。仕事は工場の掃除や雑用みたいなもん。知ってるやろ国鉄尼崎駅横の久保田鉄工や。久保田いうても、その工場に入っている下請けの川中工業所いうんやけどな。おっちゃんそこで臨時工してるんや」

千円は大きい。四月から入学した工業高校は月謝が二千二百円だから、三日働けばお釣りが出る。行く行く、と直ぐに声が出た。

「健一も今そこで働いてる。旋盤でパイプ削ってるんや」

おっちゃんは嬉しそうに話した。

おっちゃんの一人息子の健ちゃんは吉男より二つ年上で、中学の同じ野球部のエースだった。阪神大会ではすべて完投して優勝し、県大会まで引っ張っていってくれた。新入部員の吉男は、外野のさらに後方のぺんぺん草がまばらに生えているところで、気合いを入れた訳の分からぬ大声を出し、たまに来るこぼれ球を新米同士競って拾いあった。顔を上げるとはるか向こうダイヤモンドの中心、盛り上がったマウンドで足を高く上げ投げ込む健ちゃんの姿は、まぶしいばかりの英雄であった。

健ちゃんの家とは、またげるようなどぶ川を挟んだ隣同士で、静かな時は互いの家の会話が聞こえるほどだ。兄のように慕い、また親しくしてもらっていることが吉男の密かな喜びであり自慢でもあった。

吉男は小学五年の時に但馬の村岡から引っ越してきた。貧乏百姓の三男坊に耕す土地なんかない、思い切って父は働き口を求めて阪神工業地帯の中核都市、尼崎に来た。「尼に行けばメシが食える」、父はそんなことを言っていた。

健ちゃんの家の窓から煙が出るときは、吉男は今もそわそわする。引っ越ししたての頃、そのもくもくと煙が立ち昇る窓をこわごわと覗(のぞ)いた。何のにおい？　焼いている？　嗅いだことがない。臭い？　いや芳ばしい？　覗き込んでいる吉男に気が付いたのか、健ちゃんが、越して来た隣の子や、と家の人に言っている。

「よかったら、一緒に食べるか」

煙の向こうからおっちゃんの声がする。覗いた六畳間の七輪(かんてき)から煙がもくもくと昇っている。

「ホルモンや、上がって来いや」

健ちゃんの声がして手招きをしている。えっ、ホルモン？　吉男は玄関を開けてすぐの部屋に入ると、煙が天井まで充満している。七輪を中心とした車座が動き一人分の席を作ってくれる。吉男は煙を手ではらいながら腰を下ろした。七輪の上の金網に赤や白、黒っぽい肉片がてんこ盛りに乗っている。たまに食べるすき焼きのような薄い肉ではない。その肉汁が炭火に直に垂れ、煙を噴き上げている。

「肉？　なんの？」

吉男は取り皿と箸を受け取りながら金網の上の肉片を睨んだ。

「プルコギ、焼き肉や。食べてみてみ、うまいし、馬力出るで。ほれ、テッチャンや」

向かいに座っているおっちゃんは、焼けて丸まった肉片を七輪越しに、吉男が手に持っている取り皿に入れた。カタツムリのように丸まった中心部からは油がまだ跳ねている。吉男は恐るおそる口の中に入れる。弾力ある噛み心地、甘い肉汁が口に広がる。これまで食べたことのない美味しさだ。

「牛のいろんな内臓や。今食べているやつは大腸。油が濃いと思ったら、そこの朝鮮漬け、チンチ言うんやけんど、食べてみ。辛いけど合うで」

健ちゃんは七輪下にあるどんぶりに入っている赤い白菜の漬けもんを箸で指した。初めて食べるものが多く、ひーひーと息を吸いあげ、水とご飯で辛さをごまかした。健ちゃんは入った野球部のことを楽しそうに話してくれた。吉男は中学に行ったら野球部に絶対入ろうとその時決めた。

いっぱい食べて家に帰ると、父が「朝鮮臭い」としかめっ面をした。それでも窓から煙が上がり、いい匂いが漂うときはなんだか落ち着かない。

県大会でも健ちゃんは一人で投げ切ったが、惜しくも準決勝止まりで、健ちゃんら三年は引退となった。その後、健ちゃんは私学の野球強豪高校から誘いがあったとのうわさを聞いたが、結局は就職組にまわっていた。気になり喋りかけてもだるそうな生返事をするだけで、あのはつらつとしたエースではなくなっていた。卒業後はいつもすねたような仏頂顔（ぶっちょうがお）で、近寄りがたい存在となっていた。

自転車で朝早く出かけ、夜遅く汚れた作業服で健ちゃんは帰ってくる。何の仕事？　吉男がしつこく聞いたので、段ボール製造と面倒くさそうに言っていた。しかし半年もしないうちに仕事はやめた、と家でぶらぶらしていた。

どぶ川を隔てておっちゃんと言い争う声がそのころから聞こえるようになった。駅前商店通りのパチンコ屋でけたたましい軍艦マーチの中、タバコを噛み、眉間（みけん）にしわを寄せて打っている健ちゃんの姿を何度か見かけた。

「街の不良仲間と付き合っているらしい、あんまり関わり合いにならん方がええで」

吉男は母に耳打ちされた。

健ちゃんの仕事が決まってよかった。おっちゃんはそれで機嫌がいいのだ。健ちゃんが働いている同じ工場でアルバイトができることも、なんか嬉しかった。

「おっちゃん、あと一人ええかなー。僕と小学校からずっと一緒で、今も同じ高校に通っている近所の子や。野村いうて、おっちゃんも顔見たことあると思うで。ほれ、いつも坊ちゃん刈りしてるやつや」

「二人かあ。たぶん大丈夫思うけど。うまいことというとくわ。そこな、セキメンパイプ作っているんやけど、作ってもどんどん出て行くねん。石綿、知ってるやろ、イシワタや」

そう言い残し、おっちゃんは自転車のペダルを踏んだ。

高校初めての夏休みだ。小、中の時のように宿題も登校日もないし、楽なもんだ。アルバイトをみっちりして、欲しかったドロップハンドルの自転車と、それから栄屋の豚玉のお好み焼きを腹いっぱい食べるのだ。

働くのは初めてだが、野村も一緒だから心強い。久保田鉄工は吉男の家から西へ五〇〇メートルほどで、高校へ行く道の途中にある。吉男が出かけるとき新井のおっちゃんが見え、玄関先で自転車にまたがっていた。吉男はどぶ川を飛び越えた。

「おう、吉しゃん、前言うたとおり、正門の守衛さんに川中工業所のアルバイトや言うたら、通してくれる。健一は、今週は夜勤でまだ帰ってない。吉しゃんのバイトのこと言うたら喜んどったで。ほな、先行くで」

おっちゃんは自転車をゆっくりとこぎ始めた。吉男は家にもどり、母が用意してくれたアルミの弁当箱を布袋に入れる。学校の実習用の作業ズボン、作業服は胸に学校の名前が入っているのでやめ、黒っぽい半そでシャツを着て、首にタオルを巻いた。「あんた、ほんまに大丈夫？　ケガせんとってよ」と、また母は繰り返し、玄関先まで送ってくれる。

吉男は途中で野村を誘う。浜野小学校裏の文化住宅の前に野村のおばちゃんも一緒に並んで待っていた。

　野村は転校してきたとき最初に友だちになった。お互いの家が近くということもあり、学校が終わってからもよく遊んだ。家にも何回か上がらしてもらったが、薄暗い部屋に不似合いな金ぴか彫刻の大きな仏壇があり、写真は誰やと聞くと「お父様」と言った。小さい頃は芦屋の山手に住んでいて、車が二台あり、女中さんもいたそうだ。父が仕事に失敗して急病で亡くなった後、ここに越してきた。

「家も車も借金のためにみんな売って、残ったお金集めて仏壇作ってんて……あんな、僕、知っててんねん……吉しゃん、誰にも言うたらあかんで、……自殺したんや」

　野村はぽつりと言った。
学校の塀（へい）から尖（とが）った葉に見え隠れして夾竹桃（きょうちくとう）の赤い花が揺れている。もう蟬（せみ）しぐれがうるさい。

「いいお仕事、お世話してくださいましてありがとうございます。お恥ずかしいですが、正直、助かりますわ」

　薄手の紺色の着物にかっぽう着姿で、野村のおばちゃんは耳に垂れていた髪をかき上げた。半分傾いているような文化住宅が住まいだが、上品な言葉づかいで言う。吉男も知らぬ間に舌を噛みそうな丁寧語を使っていて、いつも緊張する。「いいえ」と吉男はぎこちなく頭をぺこんと下げた。

　玄関戸からおかっぱ頭がのそーっと覗き、カランと野村の妹が下駄ばきで出てきた。小学五年らしいが、お母さんと違ってなんでもずけずけと喋りうるさい。この前、吉男が道端で百円玉を拾ってポケットに入れたのをたまたま妹に見られた。それから会うたびに大声で「警察に届けたの？……そんなんドロボーやん」と、めんどくさい子だ。また言いだしそうな気配なので、「早よ行こ、遅刻や」と野村の手を引っ張った。

　もう工場の正門には大きなトラックなどが出入りして、門横にある守衛室前で警官のような制服、制帽を身に着けた二人がテキパキと指示をしている。門の柱には久保田鉄工・神崎工場と太い文字が書かれている。吉男らは出入りする車を避けながら、恐るおそる守衛室前に並んで立つ。

「あのー、川中工業所のアルバイトで来ました。……はい、二人です」

　吉男は少し上擦（うわず）った声で喋る。

「請負協力会社やな」と小さな窓越しに年配の守衛さんは、ずり下りている眼鏡の上に目玉だけを剝（む）いた。「ほれ名前と行先を書いて」と、厚紙表紙の入構者名簿帳をぶっきらぼうに差し出した。川中工業所の事務所は、正門入ってすぐの左側の道を少し行くと下請けの事務所が並んでいて、三番目がそれで、入口に名前が書いてある、とぶつぶつと呟くような声で言うので、吉男は開いた小窓に耳を近づけた。

門からは工場内に大きな道路が真っすぐ伸びている。その道路の両側には三階建てくらいの建物が並び、工場全体が一つの街のようだ。それぞれの建物に人が忙しそうに出入りして、始業前の慌ただしさが溢れていた。

言われた道を左に曲がると一車線ほどの道脇にはいろんな名前が書いた請負事務所が並んでいる。その三番目、名前を確かめて引き戸を開けた。中は十畳ほどの広さで入り口横に事務机が一つと部屋の真ん中に大きな四角いテーブル、その周りに長椅子があり、三方の壁は細長いロッカーで埋め尽くされている。ロッカー前で作業服に着替えている人や椅子に座りタバコをふかしている人、笑い声や怒鳴るような声、あーあーと大きなため息も聞こえる。十人ほどが狭い中にひしめき熱気でむっとしている。天井に付けられた扇風機がゆっくりと気だるそうに首を回している。吉男は誰に声をかけていいのか迷った。

「吉しゃん、来たか」

奥からの新井のおっちゃんの声に救われる思いだ。おっちゃんは事務机に座っている人に二人を紹介した。

「わしが現場長の梅沢や。速水君と野村君やったかな、どんな仕事か聞いているか？……そうや、ちょっと埃（ほこり）っぽいけどな。それとな、出来上がったパイプに久保田鉄工の石綿パイプやいうマークを刷（す）る仕事もある。それ、わし教えたるから。簡単や、簡単」

　小太りの梅沢さんは、禿（は）げた頭からにじみ出ている汗を薄汚れたタオルで拭う。軍手を渡され、「仕事場に行こか」と梅沢さんと一緒に二人は事務所を出た。

　梅沢さんの後について先ほどの正門から続く大きな道路沿いに、工場が立ち並ぶ敷地の奥に向かって歩いて行く。大きな入り口のあるそれぞれの工場からは、溶接の紫の電光やシャーと鉄を削る音と機械油の臭い、蒸気がシューと壁から噴き出しているところもある。吉男と野村はその度にその方向を見てきょろきょろする。この工場沿いの道路を毎日高校に通っているのに、塀一枚隔てた中は吉男らが住んでいる街とは別の世界が広がっているように感じた。大きなトラックが来ると三人は壁側にくっ付くように一列に並ぶ。通り過ぎると綿埃（わたぼこり）が舞い上がった。

「そこ、右に曲がった倉庫の中に作業場がある。もうちょっとや」

　ひょこひょこ歩いている梅沢さんの後について建物の中に入って行く。学校の教室四つ分くらいの広さで、壁側に白い無地のパイプが五段ほど丁寧に積み上げられている。パイプの長さは三メートル程で太さは電信柱くらいだ。そのブロックの塊が何個かある。入り口と奥正面に窓があるくらいで、むーっとして蒸し暑く、窓からはすでに夏の濃い光が射している。

「ここは径の小さいパイプで、大きいのは別にある」と言いながら、梅沢さんは入り口横にある木箱から黒色のペンキ缶とペンキを延ばす受け皿、靴磨きに使うような楕円形のブラシ、そして箱横に立て掛けていた長さ一メートル幅二十センチほどの細長いブリキ板を取り出した。

「この切り文字をしているブリキ板に、ブラシで靴磨きのようにさっと擦(こす)って刷るんや。ペンキつけすぎたり、力入れすぎると液が垂れて幽霊みたいな文字になるから気いつけんなあかんで」

梅沢さんはブラシを左右に振り、刷る真似をしてにんまり笑った。

吉男と野村は言われるままに積んであったパイプの両端を持ってゆっくり地面におろし、転がらないようにくさび状の板で挟み込んだ。梅沢さんはブリキ板をパイプの面に当て、ブラシを受け皿のペンキに軽く擦りつけ、板に沿ってさっと横に流した。そしてブリキ板をゆっくり外すと「久保田鉄工石綿パイプ」とくっきり黒い文字が残った。二人ともおーと声が出た。

初めは練習した方がいいと、梅沢さんはベニヤ板をどこからか持ってきて、二人はそこに何回か刷る練習をした。薄かったり濃すぎたり、垂れたりで、ペンキの量と刷る速さの加減が難しかったが、何回かするとこつが摑めてきた。

「よしゃ、本番いってみよか」と梅沢さんは腕組みをしながら指示を出した。野村とじゃんけんをして負けた吉男が刷る。ブリキ板を当てがい、深呼吸をしてブラシを滑らしたが肩に力が入っていたのか、めくると「石綿パイプ」の所の文字が液垂れをし、幽霊文字になっている。「しゃないなあー」と言いながら梅沢さんは垂れた部分をウエスでしごいていた。

「しごいても落ちないときは、そこのシンナーで丁寧に拭き取るんや。ええか」

そう言いながら壁側にある一斗缶を指さした。

その後何本か野村と代わるがわる刷った。徐々に垂れや滲みもなくなり、梅沢さんは「よっしゃ、そんなもんやろ」と腕組みを外した。マークのペンキが乾いたら空いているところに同じように積み上げること、昼になったら事務所に戻って昼めしや、と言い残し出て行った。十本ほど刷り、黒い文字を寸分違わず耳を揃えて並べた。吉男は製品が仕上がった、という喜びを少し感じた。

サイレンが工場敷地中に響き、うんーと背筋を反らし腕時計を見ると正午ぴったりだ。野村も両腕を思いっきり伸ばしている。梅沢さんから指示された本数はし終えている。事務所に戻るとテーブルの真ん中には大きなアルミのやかんが置かれ、取り囲んでいる長椅子には人が混みあって座るところがない。

「人、いっぱいやろ、外で食べよか」

座っていた新井のおっちゃんが立ち、弁当を抱えて長椅子から抜け出てきた。三人は事務所を出て、騒音が止まり人のいなくなった近くの工場の中に入って行った。大きな戸の横、陽の当たらない場所を見つけ地べたに大きく車座になる。外を見ると夏の日差しのなか建物の陰影が濃い。吉男はシャツのボタンを二つ外し、タオルで首元と顔の汗を拭った。

「どや、仕事はやれそうか。……そうか、そりゃよかった。そや、健一がな、来週からは日勤やから吉しゃんらとも会えるかもしれんな、言うとったで」

野球部エースの健ちゃんは新聞の地方欄にも載ったことがあり、野村もよく知っている。おっちゃんの仕事は細長いローラーに石綿パイプを乗せ、回転させているパイプの表面と内側に手で黒ペンキを塗る作業で、工場奥に仕事場があると言っていた。それで作業服や手に黒いしみがついていたのだ。

昼からは掃除の仕事をしてくれと、梅沢さんは午前と違う建物に案内した。そこは資材倉庫のようで、南京袋（なんきんぶくろ）が天井に届くくらい何段も積みあがり部屋の大半を占めている。床は白っぽい埃が散らばり、入口から来るそよ風にタンポポの種のように踊っている。壁のへりにはその綿毛が吹き溜（だ）まり、薄く雪が積もったようになっていた。

「よう溜まっとるわ。掃除が終わったら、午前中にしたマーク刷りの仕事してくれ。……埃吸って鼻くそ溜まるけど、白いから大丈夫や」

へっへっと訳の分からないことを言って、梅沢さんは出て行った。

倉庫には二人しかおらず、時間の指定やマーク刷り本数のノルマもない。野村はさっそく立てかけてある竹ぼうきを持ち、「三番、サード、長嶋」、気取った声をあげスイングする。吉男は積みあがった南京袋の下や壁の隅に溜まっている綿毛を搔（か）き集め、丸めてボールを作る。しかし丸め握ってもにぎっても固まらず、指の隙間からこぼれる。「長嶋」は肩を揺すり投球を待っている。仕方ない、両手で丸く握ったまま、「第一球、阪神村山投げました」、両手を開くようにして投げる。球にならず空中でばらばらになり、ゆっくりと舞いながら床に降り落ちてゆく。野村は「ちえっ」と言い、竹ぼうきを思い切りスイングした。風圧で綿毛は再び空中に舞い上がり、わあーっと部屋中に広がる。窓から射す光を受けきらきらと輝き、ゆっくりと散り落ちた。

午後からのマーク刷りの仕事は、初めこそ何回かは液だれした幽霊文字になったが、徐々に要領も分り幽霊も出なくなった。

途中、梅沢さんと胸に「久保田鉄工」のネーム入りの作業服を着た人が入って来た。その人はちゃんとヘルメットをかぶり安全靴も履いている。久保田鉄工の社員だろう。梅沢さんはパイプを積み上げているところに行き、刷り上がった文字を点検している。

「だんだん上手になってるけど、初めの方はあかん。ちゃんとシンナーで処理しとけ」

梅沢さんは二人に言っているようだが、その社員さんにも聞こえるような大きな声を出している。二人は「はい」と返事をした後は、無駄口を叩かずきびきびと仕事をした。梅沢さんは社員さんと在庫の確認をしているようで、社員さんだけが先に出て行った。

「おい、君ら、四時半過ぎになったら、道具片付け、掃除して仕事終わってもええで。事務所に来たら工場の風呂場教えたるわ」

そう言い残して梅沢さんも出て行った。

計ったように四時半ぴったりに仕事を終え、道具類を元の所に戻し、四角い部屋を竹ぼうきで丸く掃除をした。綿埃がまた部屋中に舞い上がった。

風呂は工場隅のセメント塀の横にあった。塀の内面には夾竹桃が二メートル程の間隔に植えられ、枝が広がり白いセメントが隠れるくらい茂っている。学校に行く時、その塀の高さを超えた尖った葉が見えていたのだ。

終業の五時前だからか、広い脱衣場も洗い場にも誰もいない。浴槽は街の風呂屋の三、四倍はゆうにある。小さなプールだ。壁や天井には鉄パイプが剝き出しになっていて、風呂全体がゴーという低い振動に包まれている。まるで全工場の呼吸音のようだ。

吉男はタオルを投げ捨て「ひゃーあー」と一声張り上げ、浴槽に大の字で倒れ込んだ。湯が浴槽からざわあ、と溢れる。野村も同じように倒れ込む。お湯が大きく上下するなか、吉男は小さく平泳ぎをする。自然と笑い声が出て、二人は子どもの時のようにはしゃいでいる。

「仕事、初めやからまだわからんけど、思ったより楽やな。鼻くそ溜まるけどな、はっはっ、千円か、うれしいなー」

野村は、吉男に激しくお湯をかけながら大きく笑った。

風呂上がりは気持ちがいい。風呂に入れることは聞いていなかったので、明日からは石鹸と着替えの下着くらいは持ってこようと野村と話した。今日は仕方ないが、汗と埃まみれの服で帰るしかない。梅沢さんからは、五時前には帰らないように指示を受け、五時回ってから堂々と正門を大股で出た。一仕事終えたすがすがしさからか、野村は「♪森とおー泉にいーかあーこおーまれてえー」と機嫌よく鼻歌を歌っている。

途中二人は初仕事でもあり、小腹が減ったので栄屋に寄った。久保田鉄工と浜野小学校の中間にあり、野村の家に行く路地入り口の方にあるお好み焼き屋だ。小学校のころから二人の遊び場の延長のようなところで、一日一回は行っていた。薄汚れた短いのれんをめくり中に入る。小学校の頃は背の曲がったおばあさんとおばちゃんと二人でしていたが、最近はおばあさんを見ることもなく、おばちゃんが一人で切り盛りしているみたいだ。いつか母が小さな声で、出戻り（でもど）やで、と言っていた。

四人掛けの鉄板テーブルが奥と前と二つあり、その横は飴玉や当てもんのガムやスルメの足、酢昆布などの駄菓子が並んでいて、子どもの頭が二、三動いている。

「おばちゃん、いつもの野菜焼き二つ」

吉男と野村は奥の鉄板に座る。壁に付けた扇風機が回っているが暑い風が揺らいでいるだけだ。蝿（はえ）が頭の上を気だるそうに回っている。

「おばちゃん、僕ら久保田でアルバイトしてんねん。お金出たら豚玉いっぱい食べるからな」

ソースの焦げた芳ばしい匂いが立ち上がり、吉男はコテでお好み焼きを切りながら言う。前の野村はコテに乗ったお好み焼きを、汗を流しハフハフと前歯でかじっている。

「おおきに、久保田で働いているお客さんが来るから店がやっていけるねん。吉しゃんも久保田に行って出世したやん」

ほほほ、と笑いながら、おかわりの水をコップに注いだ。

二

次の日、弁当を抱えて家を出ると、ちょうど新井のおっちゃんが自転車で出かけるところで、声をかけてきた。

「どや、体しんどないか。現場、埃っぽいやろ。暑さにも気をつけて頑張りよ。ほな、先行くで」

そう言ってゆっくりこいで行く。夏の日差しは朝からきつく自転車ものろのろ喘(あえ)ぎながら行っているようだ。

野村とは川中工業所の事務所で会うことにしている。昨日帰るときに梅沢さんから請負協力会社の証明カードをもらっていたので、それを正門の守衛さんに見せれば通ることができると聞いたからだ。夾竹桃の葉が覗く工場塀沿いの道を歩いていると、向こうから手を振り自転車がやってくる。健ちゃんだ。吉男の横にキィーと止まる。

「聞いてるで、川中でアルバイトしてるって。今、夜勤の帰りや。この塀向こうの本工場じゃなくて分工場の方や。尼崎駅の西隣の方でここから遠くない、多分応援作業かなんかで来ることもあると思うで。そこで旋盤やってんねん」

川中工業所には野球同好会があり、久保田鉄工の野球部とも試合もしているそうで、そこでもピッチャーをしていると、投げる真似をして健ちゃんは目じりを下げ微笑んだ。

別れた後、腕時計を見ながら小走りで事務所に向かう。野村は入り口で待っていた。仕事前の事務所の中は昨日同様、タバコの煙と喧騒(けんそう)で満ちている。新井のおっちゃんも仲間となにやら喋っている。梅沢さんが今日の作業内容を伝えに来た。当面は昨日と同じ仕事、来週からはいろんなところに手伝いに行ってもらうから、と声を大きくして耳元で言った。

週が明け、仕事にも慣れてきて、埃が舞い上がる工場内でのマーク刷りの単調な仕事は飽きてきたところなので、今日からの違う仕事に期待をした。梅沢さんからトラックへのパイプの積み込みと、その配送車の助手作業をするように言われた。敷地内の別の工場に、野村と一緒にトラック積み込みの手伝いに行く。径の大きいパイプはクレーンで釣り上げるが、径の小さいのは手積みの作業だ。パイプの口を蜂の巣の穴のように丁寧に揃えて、二トントラックに積み上げて行く。蒸し風呂のような倉庫内の力作業は、汗が滴り落ちる。楽な仕事ではない。今日の仕事は千円もらっていいと思った。野村も肩で息をしている。

作業が終わったころに梅沢さんが扇子(せんす)をせわしなくあおぎながらやってきた。

「お疲れさん。……速水君、このトラックに乗って行ってくれ、分工場の方や。……野村君は別の仕事、掃除や。いっしょに行こう」

梅沢さんは白髪交じりの運転手にそのことを伝え、野村を連れて出て行った。

国鉄尼崎駅に隣接する大きなビール工場を迂回して、十分ちょっとで分工場に着いた。本工場よりも敷地の規模は小さく、東海道線の線路と並行して大きな蒲鉾型の工場がそびえている。トラックは工場後ろ側の資材置場に横付けされた。運んできたパイプを同径のパイプの上に運転手と一緒に手降ろしで積み上げた。野外での夏の直射日光は痛いくらいだ。上着を脱いだランニングシャツは水に落ちたようにしおれ、ズボンも潮を吹いている。

「降ろし終わったし、休憩にしよう。ここ初めてやろ」と運転手は車を駐車場に止めて、川中工業所の詰め所を案内した。健ちゃんは今週は日勤なので会えるかもしれない、梅沢さんから分工場へ運搬を、と聞いた時からそれを期待していた。

工場のきわにぽつんと置かれたプレハブ小屋が詰め所だ。戸を開けると六畳くらいの広さにテーブルが一つ、椅子が五、六個、無造作に置かれているだけで誰もいない。運転手は椅子にどっかと腰を下ろし、テーブル上の扇風機のスイッチをひねった。気だるく首を振り始めた扇風機からの生ぬるい風が吉男の前髪を揺する。開け放たれている窓からは、電車や貨物列車が通るのが見える。横の工場からの騒音は途切れることなく響いていた。

「三時の休憩前やから誰もいないんや。そのやかんのお茶飲んでもええねんで」

運転手は首の汗をタオルで拭きながら言った。汗が少し引いた吉男は、運転手に健ちゃんのことを話した。

「知ってるで、親父も川中で働いている旋盤のにいちゃんやろ。……その子の仕事場見に行っても大丈夫かて？　かまへんやろ、この小屋の後ろにある入り口から入ったら直ぐ見えるで。旋盤が五台ほど並んでる、そこや」

運転手はタバコをふかしながら言った。吉男はちょっと見てくると詰め所を出た。入り口の戸は開け放たれていて奥行きの広い工場内が見渡せる。奥の方では、人が立ってすっぽり入るくらいな大きな径のパイプがゆっくりと回転し、その周りを人が群れているのが見える。いろんな騒音が混じりグウォーンと工場全体が響いている。

入ってすぐ右側に旋盤が何台か見え、径の小さな石綿パイプが高速回転している。目の先に健ちゃんが見えた。声をかけようと思ったが真剣な眼差しで作業をしている。回転しているパイプの内面に刃を当て、慎重にゆっくりと削っているようだ。パイプからは、細かい切粉が煙のように舞い上がっている。唸る五台の旋盤から出た粉塵（ふんじん）がその一角を霧のように覆っている。

健ちゃんが気付いたのか頭を上げた。

「おう、吉しゃん、こっちの仕事に来たんか」

白い歯を見せ、手元のスイッチを切っているようだ。パイプの回転が緩くなり、徐々に止まる。吉男は健ちゃんの旋盤の横に行く。健ちゃんは作業服に溜まっている粉塵を掃うが、汗に染みついたまま飛び散らない。顎の下には折れ丸まったガーゼが、耳からのゴムひもで止まっている。顎マスクだ。

「暑苦しいてマスクなんかやってられんで、ほんま」

健ちゃんはマスクを剝ぎ取るように外した。

「吉しゃん、工業高校やろ、何科や？……え？　機械科、旋盤の実習はまだやて。よっしゃ、教えたるわ。これはなスクロールチャック言うて削る物を均等につかむもんや。そんでこのレバーはな……」

健ちゃんは名称と操作の仕方を得意そうに教える。作業はパイプをつなぐ継ぎ手の加工で、給料は削った本数で決まるという。

「そやから頑張った分、金が入る。昇給も退職金もないけど、やりがいあるで。今な、日に一五〇本めざしてんねん」

今、健ちゃんはいきいきと嬉しそうに喋っている。どぶ川を挟んだ隣から言い争いの声はもう聞こえてこないわけだ。

白髪の運転手が呼びにやってきた。旋盤作業はみな川中工業所の人らしく、作業をしながら首で挨拶を交わしている。

「健ちゃん、本工場に戻るわ。今度、久しぶりにキャッチボールでもしょうか。ここまた来ると思うで、じゃ、そしたら行くけど、頑張ってな」

健ちゃんは、「おっ、またな」と手を上げ、ヨレヨレのマスクを付けた。マスク前面は粉塵が付いいて灰色だ。

それから三年間、夏休みには川中工業所のバイトをした。マーク刷りをはじめ久保田鉄工内での作業もケガもなく終えることができ、ドロップの自転車にも乗り、栄屋の豚玉お好み焼きも、いやというほど食べた。「あんたらお金稼いだんやろ、毎日食べに来てや」おばちゃんは、ほほと機嫌よく笑っていた。

健ちゃんは旋盤の腕をあげたようで、

「一五〇本削ってんねんで。栄養満点のホルモン焼きと、砂下ろしのコンニャク食べてるから、ほら、体も元気や」

顎マスクの上に歯を見せ、腕をポパイのように直角に曲げ旋盤の向こうから微笑んだ。

野村のお母さんがバイトの最終日の夜に家までやってきた。

「ほんとに、いいお仕事をお世話くださり、誠にありがとうございました。……つまらないものですが、ささやかな気持ちですので、どうぞお納めください」

紫の風呂敷をゆるりと解き、両手で菓子折りを差し出した。玄関先で吉男も母も、なんと言葉を返してよいかまごつき、「いえ、は、はい、どういたしまして」というのが母も精一杯のようだった。割ぽう着の後ろで野村は頭を掻いて照れくさそうに笑っている。新井のおっちゃんに半分は持っていかなあかんな、吉男はそう思った。

吉男は高校を卒業して大阪の設備会社に就職し寮生活となった。さっそく先月の三月から始まった「大阪万博」会場設備の担当班に回された。万博に毎日行けると喜んだが、仕事は冷暖房、給排水、受変電などの保守点検という地味で単調な作業だ。数か月を過ぎてうんざりしている。点検で入るアメリカ館のアポロ十六号が持ち込んだ「月の石」もその辺に転がっている石も同じに見えてきた。

野村はお母さんの強い勧めで、本人も頑張り、名前もよく分からない大学に入った。やがてそれぞれの生活が中心となり、吉男も盆・正月に家に帰るくらいで、健ちゃんや野村とも会うことが少なくなった。

正月に家に帰り、久しぶりに健ちゃんの家を訪ねた。健ちゃんは玄関先で寒そうに背を丸め、両手をポケットにつっ込み、

「俺な、今月いっぱいで仕事辞めるねん。久保田が石綿管やめて鋳鉄管にするいうて、そやから仕事がなくなんねんや。俺らもともと日雇いみたいなもんやからな」

次の仕事の当てはない、健ちゃんはめんどくさそうに言った。吉男も万博が終わり、今は空調設備の工事現場で働いている、寮生活は慣れたが、仕事は面白くないと愚痴を言った。

家の奥から、「吉しゃんか、上がってもらい」とおっちゃんの声が聞こえたが、「おめでとうございます。……健ちゃんの顔見に来ただけですので、また来ます」と、家の中に向かって吉男は声を張り上げた。健ちゃんは、じゃあな、と背をさらに丸め家に入る。吉男は閉まった戸を見続けた。

野村の家も訪ねたが、昨晩から大学の友だちと初詣に行っているそうで不在だった。玄関先に妹も顔を見せたが、どちらとも苦手なので、「勉強頑張るように言っといてください」とすぐに退散した。帰りに見えた久保田鉄工の塀からこぼれている夾竹桃の葉は、冬でも深緑の尖った切っ先を見せていた。

三

高校を卒業して三十年を過ぎ、もう五十歳かと吉男は頭を掻く。世間は二十一世紀が始まったと騒いでいるが生活は何ら変わりがない。卒業後三年間は設備会社で働き、その後は電気工事店に勤め、今も現場作業をしている。生意気盛りの中学生の娘が一人、妻・信子は近くのスーパーのパートで働いていて、豊中のアパート暮らしから抜け出せないでいる。

尼崎の親が住んでいた所は十年ほど前、道路の拡張工事に引っかかり立ち退きとなったが、そこに住んでいた人たちは近くに建てられた市営団地に優先的に入居ができた。今その団地には年老いた両親が住んでいて、吉男の家から車で三十分ほどで行けるので時々親孝行の真似事をしている。父はいつかは生まれ育った故郷・村岡に帰りたい、と歳を取ったせいもあるのか、近ごろ事あるたびに言っている。

「だいたいやな、空気が違うねん、きれいでうまいんや」

父の言い草に対して母はすかさず言う。

「またや。あんた帰っても住むとこも、仕事もないし、どなして生きていくの。ほんま、何考えてるの」

その一言で父はだんまりを決め込む。

健ちゃんの家も一緒の団地に入った。二世帯ということで、健ちゃんは五階、おっちゃんは吉男の親と同じ三階だ。親の家に行ったとき健ちゃんやおっちゃんとは団地内で出くわすことが度々ある。健ちゃんは川中工業所をやめてから、町工場で働き、今は鋼材配達の運転手をしているそうだ。吉男と同じく子どもが一人と言っていた。新井のおっちゃんは八十歳になってしまったと嘆(なげ)いているが、頭は真っ白でも背筋が通り、声にも張りがある。

野村とは卒業後、しばらくは連絡を取り合い高校時代の延長のような付き合いだったが、お互い家庭を持ち、どちらともなく疎遠になっていった。

親の家に来たとき、どうしているのか気になり久しぶりに野村の家に向かう。上品なお母さんは苦手だったが、今は会えるのが楽しみでもある。あの時のお返しでもないが菓子折りを提げている。

小学校裏手にあった傾いた文化住宅はなく、その跡地にはマンションが建っていた。地道の路地がアスファルト道路になり、周りの様子がすっかり変わっている。そのマンション玄関のエントランスホールにある郵便受けを二度見回したが「野村」の苗字はなかった。栄屋のおばちゃんならなんか知っているかもしれない。周りを見渡し、記憶をたどりながら栄屋を探し当てた。のれんは掛かっていなかったが建物はそのままにあった。店をしていれば入ろうと思ったが、かといってお邪魔する関係でもない。帰ろうとしたときガラガラと引き戸がゆっくり開いた。吉男はきまり悪そうにひょこっと頭を下げた。腰の曲がったおばあさんが怪訝そうに吉男を見る。痩せ細り、歳を取っているが栄屋のおばちゃんに違いない。

「僕のこと覚えてますか、吉男ですけど。野村、あの坊ちゃん刈りの子とよく来た……そう、そう、吉しゃんです、豚玉食べた」

お金があるあいだ二人は、あれからも豚玉をよく食べに行った。おばちゃんは体の具合がよくなく二年ほど前、店をたたんだという。若い時は陸上の選手で体に自信があったが、なんか息苦しくなって夜も眠れない時がある、と病気の話が途切れなく続く。エフン、エフンと苦しそうに咳をし、話が止んだ。吉男は今とばかりに聞く。
「あのおー、おばちゃん、野村やけど、この道、まっすぐ行った学校裏の文化住宅に住んでいた。その文化、マンションになってて。野村　今どないしてるか知ってますか？」

おばちゃんはゼイゼイと喘ぎながら苦しそうに顔を上げた。

「ハー、その子知ってるで。お母さん、なんか奥様喋り方する人やろ。時々店にも来てくれたけど……ハーハー、あの子、何年前かなあ、亡くなったと聞いたで」

「えっー」と言葉を発したきり、おばちゃんの苦しくゆがんだ顔を見た。野村が死んだって、なんでや、信じられない。

「肺がんやったかなあ、タバコも吸わへんのに、お母さん、残念そうにそんなん言うてたわ、フウー……文化潰れたとき引っ越しして、どこ行ったか分からへん」

おばちゃんは立っているのも辛そうだ。

吉男は今大阪の豊中市に住んでいること、小学校向こうの市営団地に親がいて、時々こちらに来ること、もう五十歳になってしまったことなどをかいつまんで話した。

「そやけど気分はあの高校時代のままやで。おばちゃん、早よ元気になって店開けてまた豚玉作ってえな。子どもと嫁連れてくるよってに、な」

おばちゃんは苦しそうに顔を上げ、頷きながら微笑んだ。

野村が死んだ、吉男は何度も頭で反芻する。小学校からの友人といってはいたが、自身の薄情さを後悔した。おばちゃんと別れ、薄暗い小学校の裏を通り、今はない傾いた文化住宅に向かって歩いていた。


野村のことは気にもなりながら、仕事や子育てなど生活に追われ日常は過ぎて行き、数年経つとそのことさえ忘れてしまう。それを思い出させたのは、野村の妹という人から突然に電話が掛かってきたからだ。野村？　ああ、野村か。確か妹がいたな。なんの用事だ、どうして今の吉男の電話番号が分かったのだろう。

「……兄と同級生だった、速水さんでしょうか。……よかった。失礼でしたが、ネット検索で調べさせていただきました」

そういえば、市民祭りの実行委員会の係として、そのホームページの祭りの参加者を募るサイトのところに吉男の名前と連絡先を書いていたのだ。

「兄のことはご存知でしょうか。……栄屋さんから……そうですか。そのことで実は、お願いがありご連絡をさせて頂きました」

思い出してきた、おかっぱ頭で百円玉の不正を問い詰めた子だ。今は優しく丁寧な声だが、しかし何か押されるような強さを感じる。

「昨年、二〇〇五年六月二十九日付けの新聞『十年で五十一人死亡・アスベスト関連病で』の見出しの記事はお読みになられたでしょうか」

吉男はその記事を覚えている。高校の夏休みの間アルバイトをしていた久保田鉄工のことだと直ぐに分かった。

「大手機械メーカーのクボタ。尼崎市の旧神崎工場の従業員ら七十八名が、石綿が引き起こすとされるがん、中皮腫（ちゅうひしゅ）でなくなっている」

と発表した内容だ。

あれから三十五年以上も経ち、今も健康だしどこも悪いところはない、他人事のようにして読んだ。石綿のことを「アスベスト」というのか、久保田鉄工は「クボタ」という社名に変わったのか、そんなことが記憶に残っているくらいで、世間のいろいろな事件のひとつとして日常の中に忘れ去られていた。

「兄の死因がそれではないかと考えています。速水さん、兄と一緒にクボタで働いたでしょ。それを証明してくれませんか」

今、野村には残された義姉と二人の子どもがいること、母は野村の後を追うように亡くなったことなど、妹は訥々と話した。いい仕事を紹介してくれたと、菓子折りを持ってきた割ぽう着のお母さんの姿が浮かんだ。誘わなかったらこんなことにはならなかったのだ。吉男は唇を強く噛んだ。

三番、サード、長嶋、声をあげた野村は竹ぼうきをスイングする。綿毛は空中に舞い上がり、光を受けきらきらと輝きゆっくりと散り落ちた。

「クボタは被害者に救済金を支払う制度を設けているのです。お願いできますか、……ぜひお願いしたいのです」

「どうすればいいのですか、何でもします、何でも……」

眼がしらに込み上がってくる熱いものに耐えながら吉男は答えた。

妹は、仕事の詳しい内容や様子をできるだけ具体的に、また働いた期間を書いて、最後に名前と印鑑を押し、お手数をお掛けしますが、送ってくださいますようにと丁重に言った。

「ところで速水さんは大丈夫でしょうか。……そう、よかったです。ただ、中皮腫などを発症するまでには二十年から六十年ほどの潜伏期間があるといわれています。特にあの工場は毒性の強い青石綿でパイプを製造していたそうです。苦しんだのは兄だけではないはずです。これからも多くの人が兄のようになるかもしれません」

吉男はクボタでアルバイトをした高校一年生の年、一九六七年から六〇年を足してみた。まだ潜伏期間だ。健ちゃん、新井のおっちゃん、梅沢さん、白髪の運転手も、みんなの顔が浮かんだ。

「クボタショックと言われていますが、兄は運がなかった、それだけでは終わらせたくないと思っています。私今、同じ思いを持った人たちと『患者と家族の会』で支えあい、活動しているんですよ。補償も私たちが動いたからなんです。……速水さん、どうぞくれぐれもご自愛くださいますように……」

どう「自愛」すればよいのだ。受話器を握ったまま立ちつくしていた。

それから数か月して、現金書留の封書が野村の妹から送られて来た。救済金が降り、お礼の気持ちとしてお受け取り下さいという手紙と三万円が入っていた。それは到底もらえるお金ではなく、せめてもの罪滅ぼしの気持ちとして三万円を加え、ご霊前にと妹さんに送り戻した。

その間、休みのたびに図書館に行き、あの六月の「クボタショック」以降のアスベスト関連の新聞記事をむさぼり読んだ。髪の毛の五千分の一の微細なアスベスト繊維は天気のいい時にはきらきら輝いて見え、それが肺の奥に棘として刺さり、緩やかな時を経て人の生命を脅かすということ。旧神崎工場のクボタ社員はいうに及ばず、構内請負協力会社でも中皮腫や肺がんなどの石綿関連病で亡くなっているとのこと。またクボタ工場近くに住む三人が健康被害を告発し、その後、周辺住民の被害が次々と明らかになり、クボタは工場を中心に原則一・五キロメートル圏内の被害者に救済金を支払う制度を設けたとあった。一・五キロ。吉男の家からクボタの工場までが五〇〇メートル、その圏内に健ちゃんも野村も栄屋も、移転先の団地でさえ入っている。

　アスベスト繊維、三年間の夏休みだけではない。吉男は天井裏の電気工事の仕事を思い浮かべた。屋根裏を苔のようにまぶした「吹付石綿」の中を電線を持ち、這いずり回った。安価で断熱性に富み工法も簡単ということで壁、天井裏に当たり前のように使われていた。高さ五、六十センチ程の天井の隙間を天板を抜かないように四つん這いになりそろりと動く。頭や顔、腕が「苔」に擦れるとぽろぽろと固まった綿がはがれる。それを吸って妻と子どもを養い、飯を食ってきたのだ。吉男は大きく息を吸い込む。胸は大丈夫か、目を閉じゆっくりと吐きながらロールシャッハの絵柄のような肺を頭に思い描く。神経を集中し、痛みはないか、異物を感じないか、慎重に確かめるように細く長い息を吐いた。

次の日曜日、吉男は信子も子どもも連れずに一人で団地に向かう。遠回りになるが久しぶりにJR尼崎駅から東に向かい団地の方に行くつもりでいる。久保田鉄工は、創業百周年・一九九〇年から社名が「クボタ」になったことも新聞から知っている。車をゆっくりとクボタの敷地を舐めるように走らす。工場を隠していた塀は取り払われ、軽金属の面格子塀に替わり、そこから清潔感溢れる七階建てのビルが見え、その壁にはKUBOTAと緑のおしゃれな文字が書いてある。

かつての正門はその塀になってしまい痕跡すらない。新たにできた正門は、四車線に拡張された市道に面して堂々と建っている。門横、警備室はオフィスのような佇まいで、吉男らが入門許可書を差し出したパチンコ景品交換所のような小さな窓の守衛室はない。すでにあの時の工場ではない。右折し工場の裏を回る枝道に入る。道なりに行くと高さ三、四メートル程の夾竹桃が数十本、塀に平行に沿いながら初夏の風のなかで揺れていた。この木だけは昔のままだ。

四車線に戻り、今度は左の狭い脇道に曲がる。すぐに見えた栄屋の玄関引き戸には「売り家」の紙が貼ってあり、めくれ上がった隅が丸まっている。体の底からわき出るような咳、苦しそうな息づかい、おばちゃんもそうではなかったのか。吉男は玄関横に車を止め、降りて引き戸上の透明ガラス越しに店中をのぞいた。お好み焼き鉄板のテーブルは取り除かれ土間だけになっている。薄暗いなか目を凝らすとあの時ののれんが部屋の隅に落ちていた。

団地の来客用の駐車スペースに車を止めた。両親は連絡もなく来たことに驚いていたが、吉男は父、母の様子を注意深く見て、咳はあるか、息苦しくないかと聞いた。なんや、急に、といぶかる両親に「クボタショック」のこと、野村が亡くなった話もする。前の家もこの団地も十分にその圏内に入っているし、また潜伏期間も長いので心配になってきたと早口で話した。

「そやから、空気のええ田舎に帰ろう言うてきたんや」

父は読みかけていた新聞をすばやく畳みながら言う。母は、また言うているわ、というような顔を父に向ける。

「うちら二人は大丈夫やで」

母は入れたお茶を吉男に出しながら言った。

今日団地に来たのは、何よりも健ちゃんのことが気にかかったからだ。あの二〇〇五年の新聞に、クボタで一九七八年から石綿関連病ですでに七十九名が亡くなっていると書いてあった。当時、呼吸する空気が酸素よりも石綿繊維の方が多かったに違いない健ちゃんが罹(かか)らないわけがない、吉男は怒りにも似た思いが突き上げていた。

親の家を出た後、二段飛ばしで階段をのぼり、五階の健ちゃん家の呼び鈴を押した。暫くして鉄扉のドアーが音をたて開いた。

「おう吉しゃんやんか、久しぶりやん。どないしたん、まあ、上がれや」

健ちゃんが出てきた。頭には白いものも見えるが、元気そうな様子だ。幼馴染の吉しゃんだと、部屋に声をかけ吉男を奥の六畳に招き入れた。玄関には野球バットが立て掛けられている。すぐのキッチンと二つの部屋、親の部屋と同じ造りだ。窓の向こうに神崎川の流れが見える。奥さんだろう、お茶を健ちゃんと向かい合った座卓に置いた。冷たい麦茶のコップには水滴がついている。一口飲み、吉男は新聞に出た久保田鉄工の石綿の話をした。健ちゃんはテレビのニュースを見て知っているという。吉男は野村が亡くなった話や「売り家」になっている栄屋はたぶんそのせいではないかとも言った。

「そやけどな、それ俺には関係ないみたいやで、見ての通り元気やし。例えばやなあ、酒飲んでもみんなが依存症になるとは限らへん、それとおんなじや。久保田のとき、おかんから、毎日コンニャクばっかり食わされとったから、それが効いとるん違うか」

ははと健ちゃんは笑いながら横に置いてあったグローブをはめ、右の拳を開いたグローブの真ん中に叩きつける。パンと乾いた音がした。団地内で草野球のチームを作り、日曜ごとに練習や試合をしている、今日も昼過ぎから浜野小学校で練習があると、またグローブを叩いた。吉男は久保田以外でも電気工事で天井裏や解体現場にも何回となく行き仕事をしたこと、考えると時限爆弾を抱えている不安がある、まだ家族にも告げていないことを話した。健ちゃんは黙って頷きながら聞いてくれた。

パンパンと二回大きな音がした。

「よっしゃ、こんな時は肉食うて元気つけなあかん、うちで焼肉やろ。昔、どぶ川横の家の時、吉しゃんよう来てたやん、あれやろうや。親父も呼んでくるわ。あの時の七輪捨てずに親父の家にあったと思うし、なんか楽しなってきたで」

健ちゃんは笑顔で何回もグローブの音を響かせた。

二週間後の日曜日、健ちゃんの家で焼肉をした。七輪の炭は橙色に熾(おこ)っていた。七輪のふちは欠け、何年もかけてしみ込んだ肉汁が、いぶし銀のように貫録をつけていた。健ちゃん夫婦とおっちゃんと吉男の四人で、煙が上がっている七輪を汗を拭きながら囲む。健ちゃんの子どもは地方で働いていて、今おばちゃんは近所の公民館でのカラオケにいっているそうだ。五階の窓はすべて開け放たれ、扇風機を窓側に向け、煙を神崎川に送り出している。

初めて焼肉を健ちゃんの家で食べてから四十年以上は経っている。プルコギやテッチャン、キムチという言葉も日本の食文化に定着し、焼けてカタツムリのように丸まった部位の名前も分かり、辛くて臭かったキムチも今は美味しく食べられている。歳月はあらゆるものを変える。吉男はあの野村の死を知って以来、夜中にふと目覚めたとき、布団の中で深く呼吸をし、自分の胸の肺の部分をゆっくりとなぞってみる。強く目を閉じ、そこに光る細い棘がないか、神経を集中し気を高め、透視するように手の平を滑らせる。

「吉しゃん、なに考えてるねん、肉焼けてるで……ほら食べよ」

あの時と同じように向かいに座っているおっちゃんが、吉男の皿にプチプチと油を吹いている肉片を入れてくれる。

「わしなあ、もう歳で昔みたいに堅い肉あんまり食べられへんねん。その分食べて、ビールも飲んでよ。健一からクボタの話し聞いたけど、わしらは大丈夫や。野村君かわいそうやなあ。わしが吉しゃんにアルバイトの話せえへんかったら、こんなことにならなかったのに、思ってな……」

おっちゃんは酒をぐっと空けた。

昔、家の間にあったどぶ川を飛びそこない落ちた話や、中学野球部の優勝試合の話に、健ちゃんもほろ酔いで盛り上がり、吉男に団地の草野球チームに入るように勧めた。

「吉しゃん、親がこの団地におるから資格があるで。何?……中学以来野球していないから二人でキャッチボールで肩慣らしてからやてえ。OKええよ。よっしゃ、グローブ用意しとくからいつでもおいでや」

健ちゃんは鼻歌交じりでグローブを叩いた。

約束通り、団地の野球チームの練習にも参加し、試合にも出してもらった。五十代の吉男らよりも若い世代が数人いたが、後は同年代か先輩世代がほとんどだ。筋肉は嘘をつかない。ベースランニングをしても上半身は前を走っているが、下半身がついて行かなくて足が絡み転ぶ。投げても届かず、受けても落とす、振っても当たらない。しかし健ちゃんは違った。五十六歳とは思えないピッチング、球も早くコントロールもよい。足を高く上げ、また三振を取る。

「さすが健ちゃあんー、阪神大会優勝投手はやっぱり違うなー。おおらー、どんとこいよー」

ライトから吉男は大声をかける。中学時代を思い出す。

試合後、グラウンド隅で車座になり、試合内容を肴（さかな）に飲み会が始まる。ノーヒットを達成した健ちゃんは得意げに野球帽のつばを後ろに回した。

「見たかあ、吉しゃん、俺はまだまだやれるで。風邪ひいたことないし、医者にも行ったことない。あっ、そや水虫で行ったか。ほんま、健康保険料返してほしいくらいや」

缶ビールの栓を抜き、健ちゃんはくーっとあおった。吉男は頷き、持ち上げた缶ビールを健ちゃんの缶にちょんと当てた。

それから吉男は仕事の忙しさや、たまの日曜日はゆっくり休みたい気持ちもあり、練習や試合から遠ざかった。親の家に行ってもサボっている後ろめたさから、野球部のメンバーとは、なるべく出くわさないように気をつけている。健ちゃんともここ一年くらいは会っていない。ところがエレベーターホールで野球部の人とばったりと出くわした。吉男はとっさに、仕事で日曜出勤がありなかなかいけなかったと頭を掻いた。次の試合は市民スポーツ祭の試合で、今年は二部に昇格したいと狙っているが、メンバーも少なく、エースの健ちゃんも調子が悪い、ぜひ来てほしい、と日時と場所を何度も言われ、「頼んだで」と肩をポンと叩かれた。仕方がない、今回はサボれないと思った。

市民グラウンドには直接行った。グラウンドの周りを桜の木で囲っていて、花も散り薄緑の小さな葉がそよ風に揺らいでいる。球場横の空き地でメンバーはすでにキャッチボールをしていた。健ちゃんはそこから離れ、ひとり肩を揺すり首をゆるりと回し体をほぐしているようだ。心持ち痩せたように感じる。

「へへ、健ちゃん、ご無沙汰でーす。……ピッチング、なんか調子ようないって聞いたけど……最近ホルモン焼き食べてないん違うん？」

ははと吉男は笑い、健ちゃんとキャッチボールをする。

健ちゃんの返球の勢いがなくなっている。いつもなら手にドンと重みを感じるがそれがない。何球かに一回、咳き込み横を向いて痰(たん)のようなものを吐いている。吉男は返球のボールを握ったまま健ちゃんのそばまで行く。健ちゃんの息が荒い。

「健ちゃん、顔色悪いで、大丈夫か。咳もしてるし……」

吉男は健ちゃんのグローブの中にボールを置いた。

健ちゃんは、この一月ほど咳や熱が出て、市販の風邪薬や親父が持ってきた朝鮮人参エキスも飲んでいるが、だるくて体調が戻らない。昨日の夜は胸が痛くなり、これは医者に行かなあかんと思ってるんや、と言う。

「今日、日曜やから、明日仕事終わって行くつもりや。払っとう健康保険料、たまには使わんとな」

エフンエフンと咳き込みながら健ちゃんはにやりと笑った。

二回途中で健ちゃんは自らマウンドを降り、交代を要求した。ベンチに戻った健ちゃんは尻餅をつくように椅子に座り、背中を曲げ咳き込んでいる様子がライトからでもわかった。試合が終わった後の飲み会で健ちゃんはビールを一口入れただけで、悪いけど先帰らせてもらうわ、と車座から抜ける。吉男は「大丈夫か？」とグラウンド駐車場まで一緒に歩いた。

「昨日の晩な、咳と息苦しゅうて、あんまり寝られへんかってん。そやけどな、しんどい時の特効薬あるねん。鳥一匹丸ごとと、いっぱいのニンニク、十年もんの朝鮮人参、骨がとろけるまで煮込むねん。食べたらどんな病気も一発で治るんや、うまいしな。それ帰ってしてもらうから大丈夫や」

健ちゃんは、じゃあまたな、と言いながら車のドアーをゆっくりと閉めた。散りそびれた花びらが二つ、三つハラハラと車に落ちた。

トーナメント式のスポーツ祭りでの昇格試合は一回戦で負けたこともあり、吉男はこれ幸いと練習にも行かなかった。

半年は過ぎた秋も深まったころ、夕食の晩酌をしていてほろ酔い気分の時だった。珍しくこの時間帯に固定電話が鳴った。信子が電話を取りに行き、暫くして「新井という人からよ」との声に健ちゃんからだと腰を上げる。試合があるから出てくれという電話に違いない。わざわざの電話、こりゃ出なあかんな、少しゆううつな受話器をもらう。

「あー健ちゃん、ごめんごめん、練習に行かなくて……なんやおっちゃんやったん。健ちゃんと思て……ええっ……ほ、ほんまですか……はい、分かりました。では……」

吉男は受話器を握ったままだ。どうしたん？　信子の声で重い受話器を下ろした。

「健ちゃんな、もう、もたんらしい。その前に、一度会ってやってくれ、本人もそう言うてるって。……明日病院、行ってくるわ」

仕事を早めに終わらせてもらい、工事現場から作業服のまま昨晩聞いた県立病院に駆けつけた。三階の病室には奥さんがベッドの横に前かがみで座っていた。横たわっている健ちゃんは戦闘機パイロットのような鼻マスク式人口呼吸器を装着し、深い呼吸をしている。垂れさがっている点滴用の何本かのチューブと、ピッピッと無機質なパルス音を発しているモニターから伸びている複数本の配線やらが、健ちゃんの体を絡め捕っている。

「け、健ちゃん、大丈夫か……」

吉男は振り向いた奥さんにこくんと頭を下げながら言った。

健ちゃんは頭を少し振り、目が動き、マスクに隠された口元は見えなかったが、微笑んだように感じた。病名は「良性石綿胸水」といい、肺が膨らんだり縮んだりができなくなり、呼吸器官の役割が果たせなくなっている。これは「アスベスト胸膜炎」とも呼ばれているそうです、と奥さんは垂れた前髪を上げながら静かに言った。

「うっ」と声がし、健ちゃんの手がゆっくり上がり自分のマスクを剝がそうとしている。奥さんはマスクを抑えているベルトを外し、蓋(ふた)を取るようにマスクを剝がした。苦しそうに歪んだ顔で何かつぶやいている。吉男は耳を口元に近づけた。

「あ、り、が、と。また、野球、や、ろ。……元気に、な、る、か、ら、な」

吉男は、込み上がってくる熱いものを抑え、うんうんと何度も頷いた。

「あたり前やん、エースの健ちゃんやで、こんなんでいってたまるかえ」

健ちゃんの手を強く何度も握った。

健ちゃんの告別式の知らせが来たのはそれから二日後だった。奥さんから昼過ぎ家に電話があり用件のみを信子が聞いた。明日の日曜日にまた行くつもりでいたのに。予想はしていたがまだ還暦前、五十七歳、早すぎる。仕事帰りの吉男は作業服も脱がず、コップ酒を一気に呑んだ。葬儀は団地一階にある「集会所」でするとのことだった。

集会所前にある児童公園のイチョウの葉は、昨晩から降り出した冷たい雨に最後の一枚までも落とされ、黄色い絨毯(じゅうたん)を敷き詰めている。神戸にある韓国のお寺の住職さんを導師として呼んだ。本当は新井さん本人の葬儀のためにと、知り合いの同じ国の人に教えてもらったお坊さんだそうで、今回おっちゃんが是非にと来てもらったそうや、と母はおっちゃんから聞いたと入り口でそっと教えてくれた。

集会所には吉男は初めて入る。かび臭くすえたようなにおいがした。七、八十畳ほどはあろうか、周りは鯨幕(くじらまく)が張られ、正面には祭壇がしつらえてある。白菊に囲まれた遺影の写真は、野球帽をかぶり微笑んでいた。家族の人たちの後ろに、参列者用の座布団が碁盤の目のようにきれいに並べられて、身内の人たちはすでに座っている。おっちゃんと目が合い、吉男は深々と礼をした。

野球部のメンバーや健ちゃんの会社の人だろう数人、団地の人たちも神妙に頭を垂れ、お経を聞いている。韓国語のお経だろうと思うが、リズムやイントネーションが日本語と同じなので違和感なく聞けた。焼香は順番に立ち上がりながら、座布団に座っている人の狭い間を縫って行く。焼香を済ませた後、吉男は棺桶に眠る健ちゃんの顔を小窓から覗いた。目も落ち込み頬もこけ小さくはなっていたが、穏やかに眠っているように見えた。

(しんどかったやろ。もう楽になったからゆっくり休んでや。楽しい思いでありがとう。……ほんまにありがと)

きつく手を合わせ小窓に頭を下げた。

雨はさらに激しさを増し、風も出てきた。出棺を見送る人たちの傘が左右に激しく揺れている。プワーンと大きなクラクションがなり、吉男は傘の中棒を首根っこで押さえ合掌する。突風が吹き抜け喪服の裾をめくり、傘を激しく回転させながら空中に舞い上げた。

吉男はそれからは団地野球部の練習や試合には休むことはしなかった。外野から遠くマウンドを見ていると、中学生の時のようにずっと健ちゃんと野球をしている気持ちに浸ることができた。近くの小学校で練習をした後は、団地の親の家で少し休憩し、年老いた父母の様子も窺い、夕方までには家に帰るようにしている。

健ちゃんの四十九日が過ぎた小雪がちらつく寒い日、吉男はその日も親の家を出て家路につくために団地の廊下を歩いていた。コーナーを曲がると、その先に背が曲がりよろよろ歩いている老人の後ろ姿が見えた。新井のおっちゃんだ。急に老け込んだ姿に驚いた。

「おっちゃん、今日は寒いなあ」

後ろからの声にびっくりしたようにおっちゃんは腰を起こし振り向いた。

「おお、吉しゃんか。健のこと、いろいろありがとな」

「健ちゃん、もう無事に天国に行ったで。……おっちゃんこそ大変やったね」

おっちゃんは大きく頷き、下を向いた。

「あんな、昔の韓国の考えで、子が親より先に死ぬことは最大の親不孝やと、親は葬式にも参列せえへんこともあったとか聞いたけど、そやけどな、わしが健一をクボタに誘ったんや。仕事がなくて、家でぶらぶらしてるから川中工業に頼んで、クボタに入れたんや。……わしが健一を死なせた。野村君やったかな、それも元はわしが言わへんかったら、死ぬことなんかなかったかもしれん。……そんな後悔ばっかり頭に浮かぶんや……」

体が消え入るように縮まり、おっちゃんはため息のような言葉を出した。

「そんなことないで、健ちゃんは旋盤していきいきしてたし、野村はお母さんもええアルバイト世話してくれた言うて喜んどった。……悪いのは石綿、細い棘や。それを使うのを許していた会社や国が悪いんや。おっちゃん、ひとつも悪ないで。そやろ」

吉男は我知らず大きな声を出していた。

小雪が牡丹雪に変わり児童公園に落ちて行くのが三階から見える。二人、雪が舞い落ちるのを無言で眺めた。

「おっちゃん、俺、みんなの分まで元気で生きたるさかい、おっちゃんもいつまでも長生きしてや」

風景に馴染まない甲高い声となってしまった。


おっちゃんが亡くなったと知ったのは母からの電話で、牡丹雪の日から半年は過ぎた梅雨の蒸し暑い日だった。葬儀は集会所も借りず小さく身内だけで済ませたそうで、団地回覧板の訃報欄に小さく名前が書かれ、その横のかっこ内には「老衰のため」とだけ書かれていたと。受話器をゆっくりと置き、吉男は団地の方向に向かって手を合わせ深く頭を垂れた。

四

二〇〇五年のあの新聞スクープや、特に二〇〇六年に健ちゃんが亡くなってから吉男は、アスベスト被害関連のあらゆる新聞記事を切り抜き、スクラップブックに貼り付け十年になろうとしていて、もう三冊目が終わる。貼ってどうなるものではないけれど、切り抜かずにはおられなかった。

アスベストによる仕事が原因で石綿肺、肺がん、中皮腫などの疾病（しっぺい）にかかった場合、労働基準監督署から認定を受ければ労災保険の給付が受けられるようになったことや、またその補償を受けられない、例えば周辺住民などに対しては二〇〇六年に成立した「石綿健康被害救済法」により救済給付が受けれるようになったこと。二〇一五年現在、クボタのアスベスト関連の死亡者数は二七一人、そのうち吉男らが働いた旧神崎工場では一七〇人を超える死者が出た。健ちゃんもその一人だ。

そしてクボタを中心とした尼崎市東部の限られた地域の被害者総数は五〇〇人を超えているといわれ、その数は今後も増加するであろう。また、クボタ以外の全国のアスベスト被害も明るみに出て、公害・社会問題として捉えられ、六月までに救済法による認定者は全国で一万人近くになったことなど、新聞は淡々と述べている。吉男はそのような大事な記事のページには赤い付箋（ふせん）を付けている。スクラップブックから何本も頭を出している付箋は炎のようだ。

付箋を貼るたびに吉男は、息を吸い込み胸に手を当て、スキャナーのようになぞり、体の声を聞く。痛みも咳もない。食欲もあり、体はいたって元気で大丈夫だ、と自分に言い聞かせている。

時間は無常だ。あんなに無念に思った健ちゃんや野村の死も時と共に忘れゆく。最近はアスベスト被害関連の報道に接するときだけ、その悲しみの輪郭（りんかく）がうっすらと瞬間に浮かぶだけになってしまっている。それもまたすぐに忘れてしまい、追われる日常生活の中で忘れたことすら記憶に留まっていない。

二〇一八年の十二月、暮れも押し迫った二十八日ころから咳が出始めた。会社が正月休みになる頃、今までも風邪を引くことが度々あった。仕事を当分は休めるという安心感からくる気の緩みのせいだと吉男は思っている。よく頑張り耐えた自分の体を褒めてやりたくなり、その時は大掃除や正月の準備などは信子に任せっきりで、風邪薬と栄養ドリンクをのみ大手を振って朝から寝込んでいる。正月が終わり、仕事が始まる頃には体もよく知っていて、ゆっくり休ませてくれた、とまた元気に蘇る。例年そうだ。

しかし今年は様子が違った。咳が止まらず微熱があり胸も痛くなったので、初出勤を早く終え近くのクリニックに行った。先生はレントゲンの画像をにらみ、うーんという声をあげながら、右胸に小さいが膜のようなものが見える、一度大きな病院で精密検査を受けてください、紹介状書きますので、と言う。そうなると仕事は休まなければならないのか。吉男は納期が迫った仕事の現場を思い浮かべる。定年を過ぎ、六十八歳になっても働かせてくれる社長に申し訳ない気持ちが先立った。とりあえず大台の「古希」まで仕事は頑張りたい。

「先生、暫く様子見ますわ。今月中にビルの電気工事終わらせて先方さんに渡さなあかん現場がありまして、その後で……」

今の現場は三人で入っているが、経験からしてリーダーの役割をしている吉男は、現場を置いて休むという発想はない。仕事に没頭しているときは胸の痛みも忘れる。咳は続いたが体調は戻ってきていると自分に言い聞かせた。しかし現場の階段を上がったり、また少し走ると息切れがするようになった。こんなことは今までなかったが、もう七十も近いし歳のせいだと考えた。

ビルの工事は終わったが、次の現場が待っている。仕事があるということは幸せなこと、吉男の信念だ。精密検査のこともいつしか日常の中に埋もれてしまっていた。

その後、家にじっとしていても息切れがひんぱんになり、胸が締めつけられ押さえられるような圧迫を感じるようになった。痛く、息苦しさもあるが、こんなもの気持ちの持ち方しだい、要は精神力が大事だ、昔からそうして直してきた。

しかし、胸から背中に五寸釘を打たれたような痛みが走った時には、思わず大きな呻(うめ)き声が漏れた。むせ返るような咳もひどくなり、止まらない。信子が見かねてか、叱るように精密検査に行くように言った。社長に無理を頼み、休ませてもらってクリニックからの紹介状を握りしめ病院へ向かう。私も一緒に行くとパートを休み信子もついて来た。クリニックに行ってから一月半は経っていた。

信子に運転を頼んだ。助手席で咳を堪(こら)えるが、耐えようもなくエン、エンと次々と湧き上がってくる。北風舞う病院の駐車場は寒々としていた。

検査を終え、祈るように呼吸器内科前の椅子に座っている。名前が呼ばれ診察室の扉を開けると、先生は眼鏡のフレームに指先を当ててCT画像を見入っている。

「胸膜に貯留水が認められ、胸膜炎と診断されます。ここです。……まずは炎症を抑える薬を飲んで様子をみましょう。……二週間後また来てください」

先生は事務的にテキパキと予定日を決めた。吉男は、口にも出したくないことだが気になり不安に思っていることを言葉に出した。

「先生、これ石綿のがんではないんですか？ クボタで働いたこともあって、一緒に働いた友だちが二人も死んでいるんです。どうなんですか」

先生に詰め寄っても仕方がないが、気が付けば大きな声になっていた。横に座っている信子も目を見開き吉男を見ている。

「そうですね、炎症がおさまり胸に溜まっている水、胸水が減っていればその可能性は少ないです。次の検査でそれが分かります」

先生はフレームの中心を指で押し上げた。

二週間祈る思いで薬を飲んだ。仕事は休まなかったが、さすが残りの一週間は仕事どころではなかった。また無理を言い休ませてもらった。

二週間後、信子に運転をしてもらい病院に行く。

「うむー、胸水は増えています。悪性胸膜中皮腫の疑いが強いです。すぐに入院手続きをしてください」

先生は口を結び腕組みを解かなかった。

この二週間、確かに五寸釘を打たれる回数が確実に増えていた。娘が孫を連れて遊びに来た時だけ少し痛みが和らいだ。この尋常じゃない体のだるさ、咳と胸の痛み、吉男は最悪を想像せざるを得なかった。仕事も辞めなければならないのか、配線ケーブルが天井から垂れている工事現場の様子が浮かんだ。

病室は四人部屋で七階の窓からは六甲山がパノラマのように見え、頂上付近にはまばらに薄く雪がうかがえた。胸水を抜く処置をしてもらいその胸水を調べる。続いて胸膜の一部の異常な細胞を切除して生検で調べるという。

数日後の結果説明のカンファレンスには信子も立ち合った。担当医は大きめのモニターに映し出される胸部レントゲンやＣＴ画像を拡大もしながら順次冷静に説明をする。画像がより鮮明だ。

「……右肺ですが、ここに胸膜肥厚像が認められます」

担当医は先端が赤い指し棒で画像上に当てた。

「ひこう?」

吉男は咳き込みながら聞く。

「腫れたりして、ぶ厚くなることです。胸膜とは肺を覆っている膜のことを指します。胸膜が厚くなる変化のことを胸膜肥厚と呼び、悪性胸膜中皮腫などで認められる変化です。……そう、この部分です。男性の場合では、八〇から九〇パーセントに石綿ばく露が関与しています。……これに関して何かご質問はありますか」

担当医は二人の顔を交互に見ながら丁寧に淡々と話した。吉男が覚悟していた通りであった。肉眼では見えない細く小さな棘が五十年以上も肺に突き刺さったまま生きてきたのか。信子は眉をよせ、口元に手を当てている。重い沈黙が流れたあと、担当医は続ける。

「では次に、抗がん剤治療について説明させていただきますが、いいでしょうか」

本当に治ることができるのですか、吉男は叫び、聞きたかったが、今は先生にすべて任せよう、そうするしかないのだ。

入院治療が始まり、胸水は止まることなく溜まり続けた。初めは注射器でその都度抜いていたが、それでは間に合わず排水のためのドレーン・チューブが胸に刺し込まれた。取り付けたままのチューブを通して一日平均二〇〇ミリリットル、ポタポタと牛乳瓶一本ほどが溜まった。

横たわるベッドから見える移りいく六甲山の風景が慰（なぐさ）めとなっている。今は真っ青な夏空に、山の峰々を覆うような純白の入道雲が空を占めている。

抗がん剤治療薬投与は六クール、五か月続けられた。二十四時間点滴用のチューブも加わり体を動かすこともままならず、咳をするたびに何本かのチューブが揺れた。休むことがない湧き上がる咳、息ができない苦しみや胸の痛み、言いようのない不安や孤独、そして恐怖。なぜこんな目にあわねばならないのか、何か悪い行いでもしてきたというのか、吉男はベッドの上で空が白むまで天井をにらみ続けた。健ちゃんや野村も暗闇の天井をにらんだに違いない。

信子は、生駒山（いこまやま）の石切（いしきり）さんに行って来たと、お守りの紐をベッドの柵に結び付けた。

「石切神社はな、でんぼ（腫れ物）の神様で有名やねん、がん封じにも効くって聞いたから。お百度参りもしてきたで、これで大丈夫や」

治療結果のカンファレンスの日、信子は口角を無理に上げ笑った。

カンファレンス室に入ると担当医はすでに画像をにらみ、口を強く結んでいた。診断結果でさほどの効果は見られない、逆にがんが大きくなっている、と吉男の顔から目をそらさずためらいなく言う。信子の悲鳴にも似た大きなため息が漏れた。吉男は、五寸釘が何本も打たれるような胸の痛みや止まらない咳、水中に顔を沈められたような息苦しさなどが更にひどくなっている実感から結果は覚悟していた。

担当医は次の新しい抗がん剤治療の話を始めている。

吉男は静かに目を閉じた。石綿埃をボールにして野村とはしゃぎ野球をしている。顎マスクの健ちゃんが旋盤の向こうで笑っている。栄屋の汚れたのれんがはためき、背が曲がり地に着きそうな新井のおっちゃんの後ろ姿が廊下をとぼとぼと消えていく。

みんなの分まで生きてやる。吉男は目を見開き顔を上げ、先生の言葉をさえぎって、お願いします、ときっぱり言った。

（了）

【参考文献】

・『「緩慢なる惨劇」に立ち向かう（シリーズ1〜9）』中皮腫・アスベスト疾患 患者と家族の会尼崎支部。尼崎労働安全衛生センター
・『石綿（アスベスト）と健康被害―石綿による健康被害と救済給付の概要―』独立行政法人・環境再生保全機構　平成三十年
・松田毅、竹宮惠子 監修『石の綿―終わらないアスベスト禍―』神戸大学出版会　二〇一八年

白い木槿（むくげ）

一

リュックサックのショルダーストラップが肩に食い込む。三人の一番後ろの木村直也は、道のない山の斜面を覆いつくす熊笹を払い分け、喘（あえ）ぎながら遅れまいと必死で這（は）い上がっていく。

前の人が通ると一瞬人の幅分の空間ができるが、直ぐにバネのような笹の力で元の笹原に戻ってしまう。夏の直射日光は遠慮なく三人に注ぐ。バケツの水を浴びせかけられたように直也の全身は汗だくだ。前の二人は修験者（しゅげんじゃ）のように黙々足を運んでいる。

「主任、本当にこんな山奥に高速道路が通るんですかねえ」

直也は半ば暑さに対しての腹立ちから、前を歩いている山内主任に子どものようなつまらない言葉を発した。


二〇〇九年、新名神高速道路の大阪府高槻から兵庫県神戸区間の起工式が行われた。この区間は従来の名神高速道路・中国自動車道の慢性的な渋滞区域であり、その解消を図ることが大きな目的だ。直也は会社からの事前説明ですでに聞いていた。

ルートは、北摂（ほくせつ）山系を貫き山地部を通過するため、谷を渡る橋梁三十三橋、トンネル十一本の建設が必要とされた。

直也たちはその工事に先立ち山間部の橋梁やトンネルの現地調査及び測量のため、その現場に行き肉眼での確認を行っている。測量といっても今はGPS・全地球測位システムにより、GPS受信機に位置データを集め、それを設計事務所のコンピューターに入力さえすれば数センチ単位の精度で位置図面をプリントアウトしてくれる。

主任は後ろを振り返り直也を見て、にーと笑った。

「よおーっしやあ、あそこで休憩にしょ」

山内主任はさっと手を上げ木蔭を指した。先頭の案内役、小林さんもその手の先の木々が茂っている木蔭を見た。

藪漕(やぶこ)ぎが終わった所から先の斜面はなだらかになり、木々が生い茂っている。すぐのところの木蔭に三人は入り草の上に車座に腰を下ろす。蟬の声がうるさい。直也はゆっくりと丁寧にリュックを下ろした。中にはGPS受信機が入っているためだ。

直也は二十七歳になってもフリーターとして仕事を転々としてきた。今は測量設計会社にアルバイトとして勤めているが、測量という外回りの仕事が性に合うのか、もう二年目になる。測量部の上司に当たるのが山内主任だ。直也より十五歳ほど年上で気さくな兄貴というような存在で、最近腹周りを気にしている。「お前、フラフラせんと社員になれや。俺が推薦したる」というのが口癖でさっきも車中で言われた。直也は独り身で今のままの方が心地よい、といつも笑いでごまかしている。

神戸市北部山中の千刈(せんがり)ダム沿いにある狭い林道の対向車除けスペースに車を止め、道のない斜面を上がって来たのだ。そのダム下流の谷に架ける橋とそこから東約一キロメートルに建設するサービスエリアの位置の確認をすることが今日の主な仕事だ。予め撮影している航空写真からおおよその位置は確認できているが、その二次元的な写真には鬱蒼とした木々と岩肌、その間を流れる蛇のような川しか写っていない。

その写真地域は地元の人もめったに足を踏み入れることはなく、この地区を管轄する市役所出張所の小林さんに案内を乞うた。小林さん曰く、定年後の再任用でもこの出張所に塩漬けされたと。わしは正真正銘「窓際族」のレジェンドだと、角刈りのごま塩頭を掻き、へっへっとうそぶいている。だが、郷土史研究を趣味としている者にとっては、ここは打ってつけの所だとも言っていた。

直也はリュックのポケットに入っているペットボトルの栓を開け、ごくごくとお茶を流し込み、タオルで顔と首筋の汗を拭った。主任も小林さんも同じように汗を拭い水分を補給している。笹の葉がザワワと一斉に揺れ、風が通り抜け、心地よい余韻を残していく。直也は風の行き先を目で追った。

その風が草の茂みをかき分けたとき、窪地に高さ五、六十センチ程の丸っぽい石が草の間から何個か見える。等間隔に揃えているようで、人工物っぽく感じた。その横に白い花をつけた木が見えた。

直也は突き動かされるように立ち、風が道案内をした窪地まで足で草をかき分け、たどり着く。十メートルほど離れている二人は、直也が小便でもしに行くのか、というふうにちらっと見たが後はそれぞれ小休止している。

丸い石は草の中に五つあった。丸いといっても角のある崩れた楕円形であったり、三角おにぎりの頂点部分が丸であったりで、そんな歪(いびつ)な石だ。三つは三十センチ程の間隔で並べられていたが、後の二つは横に転がり夏草の中に埋もれていた。手で草を分けると草いきれでむっとする。

白い花の木は木槿(むくげ)で、高さは七、八メートル程はあろうか、根元から枝分かれした細い幹が噴水のように広がり、その空間だけが別の世界のように感じた。

よいしょっと、二つの石を起こすと五つの石は一列に並んだ。風がまた渡り石の回りの草を揺すった。

「小林さーん、これ、何だか分かりますかー」

直也は手を振り、人差し指で石の方向を指した。小林さんは、おっ、というような顔をし、腰を上げて草を分け、石の方に向かってくる。その後を尻を叩きながら、山内主任も続いて来た。

「何かなあー？」

小林さんは石の表面を手の平で撫でる。

「自然になったようには考えられへん。誰かが並べたんや」

そう言いながら小林さんは、何か探すように一つひとつの石の表面に顔を近づけている。

「何にも書いてないし、彫った後もない。何のために誰が並べたんやろか？」

ふむー、と唸（うな）りながら何かを考えているようだ。

「さあー、ぼちぼち行こか。今日中にサービスエリアのところまで確認したいんやが」

山内主任は腕組みをしながら言った。

主任を先頭に三人は草を踏み、元の場所に戻り、リュックを背負う。直也は見え隠れする石の方を眺めた。風がまた渡ってきて石の周りの草を捲（めく）っている。

サービスエリアの予定地までは、更に山奥に入っていくが登りはそれほどきつくなかった。

「このあたりが予定地になるところやね」

小林さんが航空写真でその部分を指さして言う。

「ここ、うわさ話やけどな、宝塚（たからづか）歌劇をここに持ってくるねんて。なんか南欧風のモダンな建物ができるみたい。なんせ西日本最大の店舗棟面積で、駐車台数スペースもそうなるらしいで」

　鬱蒼とした木々に覆われた山に洋館が立ち、車と人が流れ集まってくる場所になることが嘘のように思われて、直也は改めて辺りをゆっくりと見まわした。山内主任は直也のリュックから取り出したGPS受信機の動作確認をしている。

　起伏のあるエリア予定地内を確認した後、昼食となった。作業はあと半分ほど残っている、と山内主任は真上の太陽をにらみ息を吐いた。焼けつくような真夏の日差しが容赦なく脳天を刺してくる。小さな木蔭を見つけ三人は逃げ込む。座った順にのどを潤す。誰に言うともなく、ああーとため息が漏れた。汗を拭ったあと、直也はコンビニ弁当とお握りの入ったビニール袋を開け、食べ始める。外の仕事で一番うれしい瞬間だ。三人無言でひとしきり食べた後、小林さんが口をもぐもぐさせながら喋りはじめた。

「さっきの石やけどな。いろいろ考えたけど、……あのな」

　小林さんはお茶をごくんと呑み、一息ついて続きを始めた。

「この山の真下、二つの隧道が通ってるんや。一つはJR福知山線の武田尾トンネル。これは福知山線の複線化工事にともなって、峡谷を芋虫のように這っていた生瀬駅、道場駅間約十キロメートルを、ドンと山をくりぬいて一九八六年に開通した。二十年ちょっと前や。もう一つはな、約百年前、一九一四年の話や。知っている人は少ないと思うけど、神戸水道のトンネル、神戸隧道や」

「神戸？　水道？　ここ宝塚から神戸まで直線距離でも三十キロメートルあるよ」

直也は箸を持ったまま小林さんを見た。山内主任も、ぅん？　というような顔をして見ている。

小林さんは箸を弁当の上に乗せて、ここぞとばかりの勢いで話を続けた。

日本の近代化にともない、神戸港に入港してくる外国船がもたらす影響もあり、一八九〇年・明治二十三年にかけてコレラやその他の感染症が続発し、市民一〇〇〇名余りの死者を出す事態が生じた。当時の飲料水の大半は井戸水で、水道布設を必要とする機運が高まり、神戸に近代的な水道が建設されることになった。水源として神戸中心地に近い布引（ぬのびき）五本松ダムと烏原（からすがはら）ダムの二か所を確保したが、水道利用家庭は増加を続け、市の水不足は補えず新たな水源確保が必要であった。

そこで神戸市は良質な水を望める、北端山向こうの山間部に千苅貯水池を開発した。ここから「水の道」はくり貫いた山中の隧道を通り、宝塚市を横切り西宮市の上ヶ原浄水場へ行く。そこから神戸市内までは埋設パイプの中を通る。全長約四十キロメートル。着工は一九一四年・大正三年で、工事が完了したのは一九二一年・大正十年である。外国航路の船員たちには、神戸の水は長期でも腐らず美味しい「神戸ウォーター」だと評判やったそうや。

ここまで一気に喋ると小林さんはにんまり笑い、箸を取り、得意そうに厚焼き卵を一つ摘まんだ。この人、仕事しないでこんなことばっかり調べているのでは。「窓際」行っても仕方ないかな、と直也は顔を覗き込む。

「特にな、わしらの座っているこの下辺り、難工事だったらしい。なんせ高さ一間・一、八メートルの人が通れるほどの穴をカンテラ下げてつるはしだけで掘っていくのやから。山間部十二キロメートルや。阻(はば)む大きな岩もあるし、落盤や湧水もあったと思うで、考えると暗くて狭いところでほんま気が狂いそうやで」

美味しそうに頬張りながら言う。山内主任は食事を終え、航空写真を地面に広げ、次の作業手順を考えているようだ。

「それで小林さん、さっき見た丸い石とその長い話、何の関係があるの」

直也は腕時計を気にしながら、少しイラっとした口調で言った。

「おう、そうや、石の話やったな。登って来た方と反対方向に降りると峰平という村があってな、そこには神戸水道工事山間部門の事務所があったらしいが、山中の工事現場ごとに人夫小屋のようなものを建てて工事をしたと神戸水道史誌には書いてある。そんでな、工事期間中に二十人くらいが事故などで死んでいるんや」

「小林さん、ぼちぼち行きまひょか」

山内主任が写真を閉じながら言う。小林さんは慌てて弁当の残りを口に詰め込み、口をもぐもぐさせながら早口で言う。

「工事始まったん大正三年からやろ、第一次世界大戦が始まった年や。人夫は地方から集めたみたいで出稼ぎ者も多く大分、愛知、鳥取、そや朝鮮からも来ていたわ。そんでな、あの石、わしは現場で死んだ人の墓と違うか思ったんや。……ごっそうさん」

小林さんは丁寧に両手を合わせ、急いで弁当がらを仕舞い、お茶をぐっと飲んだ。

直也は草の中に埋もれた石を思い浮かべていた。

午後はサービスエリアの予定場所の四隅の境界線の確認が主な仕事だ。作業が終わり、もときた道を降って行く。直也は五つ並んだ石をもう一度さわってみたいと思った。確かこの辺りだと、二人から外れて、足で草を払ったり、木槿も探したが見つからなかった。

腰ほどに伸びた草が騒ぐことなく覆っているだけだ。カナカナと蜩が鳴いていた。

二

今日は久しぶりに慶子に会う約束をし、阪急三宮駅の中央改札前を降りたガード下の駅前広場で待っている。夕方六時を少し回ったところだ。慶子から会議が延びたため約束の時間より少し遅れる、と先ほどラインが入ったばかりだ。勤め帰りの人、逆に神戸でこれから遊ぶ人たちが入り交じり混雑している。直也は壁側に背を向け雑踏をぼんやりと見ていた。

徐慶子とは高校時代の同級生で、確か二年生の時に同じクラスになった。直也の学校生活は野球部が中心で、教室での出来事は二次的なもの、ましてや女子と言葉を交わすなど照れくさく、まずなかった。最後の夏の県大会はベスト十六。最終戦の相手は私学の甲子園常連校で、その高校が県大会を優勝し甲子園に行った、ということがせめてもの慰めとなった。

母ひとり子ひとりの家庭で、物心がついたときから高校卒業で充分だと母、子とも納得していた。しかし、就職氷河期と言われた時代で、大手企業の野球部も軒並み休部や廃部をし、野球部のある会社へという直也の願いも叶わなくなる。それどころか就職すらもままならなかった。

慶子とは、あの出来事がなければ何でもない関係であったろう。


卒業式の時、「ソ　キョンジャ」と聞いたことのない名が呼ばれ、演壇への階段を色鮮やかな赤と緑のチマチョゴリが上がって行った。目鼻立ちがくっきりと凛々（りり）しく、足も長く背も高い。まるで宝塚歌劇の大階段のような場面だ。静粛な会場が「おお」と小さくざわめく。

「あいつ、池上慶子やないかい。何でチマチョゴリや？」

直也は、彼女が卒業証書を受け取り、演壇を降りて席に着くまでチマチョゴリを目で追った。

後から聞くことになるが、慶子のお母さんが結婚式の披露宴で着たものらしく、「社会に出て行く私の気持ちの証や」と、ちょっと真面目な顔で言っていた。

直也は父の姿を知らない。写真もない。小さい時の思い出は、小学校に上がるころだろうか、鉄道の高架ガード下にある一間のアパート。暗くて寒くて腹が減り、膝を抱え震えていた。電車の通る音もしなくなっていた。突然明かりがつき、「ごめんね」と母は直也を抱き寄せた。臭いにおいがした。今にして思えば酒だ。

帰ってこない日もあった。部屋の明かりが点くのをひとりで待ち、夜を明かした。次の日、直也はひもじさと寒さで泣いていた。昼過ぎ、かちゃりと鍵が開き、隣のおばあちゃんが入って来た。管理人も一緒だった。

「アイゴー、かわいぞうに。なんて、おがぢゃんや。はよ、うぢて、こはん、たべろ」

すぐにラーメンを作ってくれた。温かくておいしかった。

夜帰ってきた母は、おばあちゃんに何度も頭を下げていた。

「うぢもひどりやがら、あんだが帰っで、来るまて、たいちょうぷや」

それから、夕方に母が仕事に出かけるとき、おばあちゃんの家に預けられた。いっしょにご飯を食べたあと、虎が出てくる昔話や何を言っているのか分からない歌も歌ってくれた。また古いアルバムを押し入れから出し、結婚式のだと言ってハガキ大の写真も見せてくれた。端はすり切れて、醬油をこぼした様に全体が茶色い。

「これが、うぢや」

おばあちゃんは節くれた指をあてる。髪の毛を波のように盛り上げてそこに冠をつけ、両方のほっぺとおでこに十円玉くらいの丸を描いている。

「この丸か、ヨンジコンジいうで、花嫁守って、祝うもの、赤色やで。着ているのは、チマチョゴリいうで、きれいやろ」

遠くを見るように目を細めて指でなぞっていた。

母は安心したかのように帰りは深夜か朝になることが多くなった。直也が待ちくたびれると、おばあちゃんの腕枕でやさしい歌を聞きながらいつも寝入ってしまう。

それから暫くして直也は市営団地に移ることになり、おばあちゃんとは別れてしまった。おばあちゃんは別れ際、直也をきつく抱き、何度もほほずりをした。直也は無性に悲しくなり行きたくないと駄々をこねたが、母に引っ張られ高架下をあとにした。

何年か経ち、自分で電車に乗ることができるようになったころ、おばあちゃんに会いに行った。そのアパートも含めてガード下の建物は跡形もなく、二十四時間パーキングに変わっていて、進入止めのカーゲートが降りていた。電車が通り過ぎるあの騒音は昔のままだった。

聞いて覚えた昔話や意味不明の歌は、誰に訊ねても知っている人はおらず、また再び聞くこともなかった。しかし直也の耳の底にははっきりと残っている。

直也は卒業後、高校時代からアルバイトとして働いていた居酒屋で引き続き働いた。当時「フリーター」という言葉がなにか「束縛されない新しい生き方」という意味合いで使われはじめていたが、直也もそう思い込み、自由人を気取っていた。今もその気分はないでもなく、仕事を点々としているが、反面そんな歳ではないことも感じはじめている。

慶子とはその居酒屋でお客として出会った。卒業式でのチマチョゴリの出来事がなければ、ただの客として素通りしていただけのことだろう。卒業後三年は経っていた。全国展開のその居酒屋は六、七人が座れるボックス席が十個ほどあり、慶子はその一角の満席の中にいた。仕事柄、客層は注文を取りに行けば分かる。大学のゼミ仲間か、何かのサークルの集まりだろう。「あの時のチマチョゴリだ」直也はすぐに分かった。あの子なら知っているかもしれない、と卒業後思い続けていた。

注文を聞き、なにくわぬ顔で下がりながら、もう一度顔を見て確かめた。慶子は全く気付かず、白い歯で仲間と談笑している。直也はホールで仕事をしながら、そのボックスから目を離さなかった。やがてお開きとなり、みなぞろぞろと出口に向かう。その子が皆のお金を握り、レジに向かった。直也はレジに急ぎ、注文シートを受け取る。

「有難うございます。……久しぶりやな確か池上やったな、俺、覚えてるか？」

直也はレジを打ちながら言った。

「もしかして木村君？　似てると思とってん。坊主頭しか印象にないから。元気？」

「まあ、相変わらずや。あんな、こんな時になんやけど、ちょっと教えて欲しいことあるんや」

慶子はお釣りを受け取りながら、小首をかしげ何？　という顔をした。

「チャルチャラウリアガ」

「えっ？」

「チャルチャラウリアガ、ってどんな意味？　俺、おばあちゃんによく聞かされた歌や。卒業式チマチョゴリ着てたやろ。おばあちゃんもそれ着てたんや。そやから分かるかな思って……」

「ち、ちょっと待ってよ、木村君のおばあさんって、韓国人やったん？　それって韓国語？」

「分からんけど、日本語違うやろ」

「私、韓国人やけど、韓国語よう分かれへんねん。今大学の第二外国語で勉強してるんやけど、そんな呪文みたいの初めて聞いたわ。そや、その講座の先生に聞いてあげるわ。ちょっと待って……」

慶子はショルダーバッグから手帳とボールペンを取り出す。外に待っていた友人が「ソさん、どうしたの、何かあったの」と横に並んだ。

「何もないで。……ほな木村君、ゆっくり言うて。……えーっと、チャル、チャラ、ウリ、アガやね」

横の友人が首を傾げて、二人の顔を交互に見ている。

「俺のケータイ番号や」

直也はレジ横にトランプのように重ねてある名刺大の宣伝用の紙裏にさっと書き渡す。池上の電話番号も教えてもらえると思ったが、それはなかった。

「分かったら連絡するわ。それとな、池上違って、本名使ってるねん。ソ、徐行する、のじょ（徐）いう漢字や。名前の慶子はキョンジャいうねん」

みんな待ってるよ、と友人は慶子の腕を引っ張り外に連れ出した。直也も続いて外に出て、玄関先にたむろしている友人たちに、有難うございました、と大きな声を出した。

それから数日して電話があった。ネイティブの韓国語の先生から聞いたということだった。店が始まる前の時間帯で、予め調べていたのだろう。

「それは、なんでも子守歌の頭の決まり文句みたいで、意味は『よく眠ってね、私の坊や』ということ、らしいねん」

あ、そうか、と直也は思った。おばちゃんがこれを歌った時に、

「うぢぃにも、あんだ、みだいな子ども、おってんで」

と言っていた意味が、おぼろげながら分かった。

「木村君、もしもし聞いてる？　急に黙るからどうしたん。……大丈夫？　それと今度は私が聞きたいことがあるねん。おばあちゃんのことやけど……」

「あー、ごめん。今店長が来たから、仕込みせなあかん。この番号が池上、いやソさんのやな。調べてくれたお礼もあるし、今度よかったらめし奢（おご）ったるわ。おばあちゃんの話もあるしな。電話するから、ほな切るで」

何でも奢ってやると言ったので、そしたら遠慮なしにと、神戸の港が見下ろせるレスト

ランの二階を指定し、お互いの時間が取れる日を合わせた。

ネットで調べたらちょっと高級そうなイタリア料理の店と分かった。ランチなら予約なしでいけるだろうと思ったが、目当ての店はすでに順番待ちで何組かいた。席が空いたのは十二時半を回っていた。窓からは岸壁に打ち寄せる白く跳ねる波と、対岸のポートタワーのなめらかなくびれが見える。

改めて向かい側に座ると直也はなんだか照れくさく、出された水を少しずつ飲み、ポートタワーの後ろ背景にある六甲山（ろっこうさん）を遠目で見た。

「木村君のおばあさんのことやけど、韓国人やったら木村君もそう？　私と同じ国籍やの」

慶子は真顔で直也の目を見ながら話す。六甲山から視線を慶子の顔に移した。黒目がちの二重まぶた、ふくよかな唇は光っている。

「それな、順番に話すけど……。その前に韓国語?、意味調べてくれてありがとう」

ランチが運ばれてきた。セッティングする間、沈黙が流れ、カチャカチャと食器の触れ合う音だけがする。ごゆっくりどうぞ、とウエイトレスは一礼して下がった。

直也はメインのブルーチーズとトマトのスパゲッティをひとしきり食べた後、おばあさんの話をした。ついで母子家庭の母の仕事のこと、直也が高校を卒業すると母は再婚をし、直也より十歳ほど年上の男が父となった。家を出て一人暮らしをしている今はお互いに訪れることもなくなった。

時々、おばあさんに無性に会いたくなり、そのガード下まで行くことがある。腕枕のぬくもりが懐かしく、その「チャルチャラウリアガ」を口ずさみがながら夜明けまでその駐車場に佇(たたず)んでいたこともあった。

「あれ？　俺何で身内話までしたんやろ。こんなん初めてや。……そやから、おばあちゃんとは他人やねん」

慶子がじっと話を聞いてくれたのが直也を雄弁にしたのだと思った。

「そのおばあちゃん、どこにいるかもわからないんやね。私もおばあちゃん子やから、木村君の気持ちなんとなくわかるよ」

食後のコーヒーをスプーンで混ぜながら慶子は自分に言い聞かせるように静かに言った。しんみりとなる雰囲気を打ち払うように、直也は明るく言う。

「ソ　キョンジャやったかな。ところでキョンジャさんは、今何してるの。この前の店に来た連中の雰囲気から学生やってるんかな？」

そうなのよ、と慶子は顔を上げ笑顔になる。

「あんな、笑うと思うけど、私、学校の先生になろう思てんねん。私ら日本人違ういうことでいろいろ悩み多いやろ、チマチョゴリを恥ずかしがらずに当たり前に着れるような学校にできたらと思っているんや。私みたいに、突っ張って泣きながら着たんでなくてね」

全国の公立学校教員採用試験に国籍条項がなくなり、外国籍者でも受験ができるようになったこと、これまでの地道な取り組みがあってやっと実現に至ったこと、兵庫県においても十数人の正式採用の先生が誕生したことなど、体を乗り出し興奮気味に慶子は喋った。

「外国籍やからあかんと思ったけれど、先生になった人が子どもたちと楽しく遊んでいる写真が新聞に出ててん。その切り抜きを今でも大事にしている」

テーブルの下にある荷物入れのボックスから慶子はバッグを取り出し、中の手帳から折りたたんだ新聞の切れ端を広げた。子どもたちの笑顔に取り囲まれた髪を束ねた女性が写っていた。

グヅヅーっと鈍い振動が伝わり電車が到着したのだろう。直也は階段上の改札口を見上げた。半袖のゆったりめの白いブラウスに紺色のスラックスは腰できゅっと締まっている。長い髪は後ろで結んでいて、階段を降りるたびに馬の尾が左右に見え隠れする。慶子だ。県立高校の社会科教員としてやっと採用されて二年目だ。社会科の教員免許は大学では比較的取れる学部が多く、その分、教員採用試験の倍率が高い、と落ちるたびに愚痴っていたが、四年目にしてやっと合格し、本人の希望がかなえられたことは直也も嬉しかった。

直也は手を挙げた。階段を降りながら慶子も手を振っている。あれからなんとなく付き合っている。といっても一緒にお茶やたまにはお酒を飲むくらいで、手を握るとかそんな関係ではない。直也の話を真剣に聞いてくれた。気持ちがほぐれて何でも話すことができる唯一の人で、一緒に居るとアパートのおばあちゃんの部屋のような安らぎを覚える。慶子の方は何と思っているかわからないが、時々慶子の方から飲みに連れていってよ、と強引なメールが入る。そんな時、直也は聞き役に徹する。

今日もそんなことである。初めて二学年の担任を持たされたと喜んでいたけれど、大丈夫かなあと不安も漏らしていた。ラインではやり取りがあったが、会うのは二か月ぶりだ。学校では一学期が終わる頃か、と高校時代のカレンダーを思い起こした。

「遅れてごめん、ほんと忙しいわ。ミュンヘンに行きましょ。冷たいビールが飲みたい気分よ」

いきなり慶子は直也の腕を引っ張り雑踏の流れに入る。歩いて十分もかからない。このビアホールの店は二度目だ。重厚なドアーを開けると室内はレンガ張りで天井の高いホールになっており、間接照明の明かりの中、教室を四つほど合わせた広さに丸テーブルも含めテーブルが二十程置かれている。ほぼ満席に近い状態でざわーという音で満ちていた。あちこちで大きなジョッキを傾け、上唇に泡をつけ何やら大口を開け喋っている。時折、わはーと歓声が上がる。

壁側の二人掛けのテーブルに案内された。蝶ネクタイのウエイターが水の入ったコップと厚い冊子のようなメニューを持ってきた。

「ビール、大ジョッキでね。直也君は？」

そう言いながら、メニューを受け取りパラパラと捲り、注文を続ける。

「ええっとお、枝豆と唐揚げ、皮つきフライドポテト、それと、シーザーサラダ、フランクフルトソーセージもね。あら、直也君何飲むの？」

これは相当溜まっているな。直也は顎(あご)をしごいた。

「あっ、俺は、黒ビール、ビアグラスで」

慶子はメニューをぱたんと閉じた。

暫くしてウエイターはきびきびと注文した品物をテーブルに並べる。

「よっしゃ、まずは乾杯や」

直也は一瞬何に乾杯しようか、と間を置いたあと、グラスを顔の前に持ち上げた。

「ソキョンジャ先生、担任おめでとう」

分厚めの大ジョッキを慶子は重そうに上げ、カチンと直也のグラスに合わせた。笑顔はない。もう片方の手をジョッキの底に添え、ぐ〜っとビールをあおった。直也はそれを見ながらゆっくりと飲む。慶子はふーっと大きな息を吐き、ジョッキをテーブルに置いた。ジョッキのビールが揺れる。

「ちょっと聞いてくれる。あの子ら何を考えているの、私の言うことを何にも聞かないのよ、ほんとに。……直也君に言っても仕方ないけど……」

最後の方は声が小さくなる。慶子はまたビールを飲み、どんとジョッキを置いた。直也はそーっとグラスを置く。

「考えたら、俺も高校時代、野球部監督以外の先生の話は聞かなかったなあ。無視か生返事で、野球以外何も考えていなかった。そんなもんじゃないのかなあ。だけど生徒のこと考えている先生か、そうじゃないかは、ちゃんと知っていたつもりだ。やんちゃな生徒ほど冷静に先生を見ているぜ。まだ始まったばかりで、これからやんか」

直也はグラスを持ち上げ、置いているジョッキにカチンと合わせた。慶子は片眼をつむり、仕方ないというような仕草でジョッキを持ち上げた。

学校の人権教育推進委員会の学年担当にもなったとのこと。

「私が韓国人だから人権問題の当事者だし、人権教育担当に打ってつけやと、やらされたと思ってるの。なによそれって、期待されても困るんだけど。私、人権教育のために教師になったわけでもないしね。……それで二学期は在日関連の人権ホームルームがあって、その教材を私が中心になって作らなければならないって、ほんと、私何にも知らないのに」

授業さえしていればいいと思っていたのに、やんちゃな生徒の指導や自己中心の保護者対応、校務分掌（ぶんしょう）や学年の仕事、底のない部活指導など、土日もゆっくりできず、追われるように日が過ぎて行く、と言いながらまたビールを飲む。直也に飲まないのと伺（うかが）い、ジョッキのお替りを頼んでいる。

いつものように愚痴を言い発散する場、その相手をしている直也は自分の役どころを悪くは思っていない。おそらく慶子は、学校では弱音を吐かず、先生業を完璧にこなしているだろう。やっぱり韓国人の教師は、と後ろ指をさされたくない。いつかそう言っていた。

直也は、へえそーうか、本当にー、たいへんやなあ、よう分かるよ、その通り、腕組みをし、真剣な顔つきでローテーションの言葉を並べる。

「だけど私ね、二学期の在日問題の人権ホームルーム、頑張りたいと思っているのよ。ビデオを見て感想文を書くだけの『しましたよHR』でなく、生徒が身近に感じてもらえるような授業にできないか、ちょっとまじめに考えているの。先生の仕事、これからも続けていくためにも、私のためにもよ」

マグマだまりに溜まっていたがガスが少し抜けたようで、一オクターブ落ちた声でしおらしく言う。ジョッキのビールは半分になって、泡がほとんどない。

直也は草に埋もれた石が浮かんだ。あれから消えることもなく時々ふと出てくる。

「あのな、この前調査に入った山で、墓石のようなもの見つけてん。百年ほど前の隧道工事で、亡くなった人と違うかいうて。工事には朝鮮人もおったらしい。確か大正三年言っていた。新名神が通る武田尾あたりの山の中や」

「大正三年いうたら、……一九一四年、韓国併合が一九一〇年やから、四年後やね。そんな早い時期に朝鮮半島からそんな辺ぴなところに来て？」

さすが社会科の先生や、「韓国併合」聞いたことがあるような気がするが、よくは知らない。

「そこから神戸まで水道水を引いたそうや。神戸市内にある慶子の学校の水道にもそのトンネルを通って水が行ってるかもしれへんな。ほれ、そのコップの水もや」

直也はジョッキ横の水の入ったコップを指さした。

「神戸に水を引くための隧道工事、……渡ってきた朝鮮人労働者か……」

慶子はその水を見つめ、呟いている。

「おっ！　俺、今閃いた。生徒たちに身近な人権教育ホームルームの授業、慶子先生独自の教材開発、水道をひねると歴史が見える。どうですか先生？」

直也は口角を思い切り上げ笑い顔を作る。そんなん無理無理、と慶子は手を団扇のように振った。

あのな、と前置きをし、直也は山中で聞いた小林さんの話をする。慶子は顔を上げた。暗くて狭い穴、カンテラとつるはし、山中十二キロ、阻む大岩、落盤、湧水、そして草に沈み込んでいる丸石。直也は小林さんの訥々と話す顔を浮かべながら話した。

慶子は腕組みをし、酔いが回っているのかトロンとしている。

「慶子先生、聞いているのか。……よっしゃ、学校、夏休み入ったら、現地行って、その小林さんの話詳しく聞こう。現場も案内したるわ。教材開発は教師の財産や、いつも言っていたやないか。どや、行くで」

慶子はこっくりと頷く。直也は石のことが頭から離れず、いつかはっきりさせたいと思っていた。そこへ行くことの口実ができたと、なぜか安堵に似た思いを持った。

車は山内主任に頼みこみ、会社のを借りよう。小林さん、確か名刺を貰ったはずだ。話したくてうずうずしていたから快諾してくれるに違いない。

慶子は、忙しいといっても、夏休みに休日くらいは取れるだろう。今は酒の余勢もあって慶子は頷いているが、明日にでも念押しのラインをしなければ。直也はあれこれと考えをめぐらし、なぜかわくわくした。「慶子、出よう」と計算書をつかみ、すっくと立ちあがった。

三

八月初めの日曜日、大阪支社から車を借りる。山内主任には正直にいきさつを話した。

「それで小林さんにも会って、その丸石のとこまで行くって。その女の先生、お前の何や？　まあええわ、会社に聞かれたらは調査漏れがあってとかなんとか言うとくわ」

直也は「すんません」と主任の前で手を合わせた。

神戸まで行き、慶子を乗せて裏六甲山を通り、ＪＲ道場駅で十一時に小林さんと会うことになっている。神戸から道場駅まで約一時間、慶子と二人っきりで車に乗るのは初めてだ。慶子によれば、学校は七月いっぱいと八月後半から補習授業があり、その間も部活指導や校内研修もあり、八月初めからお盆までの間に各自夏休み休暇を消化していくらしい。

「今日のことを学年主任に言うと、人権ホームルームの教材研究に行くということで、研修扱いしてもらえといわれ、教頭先生にしぶしぶ認めて頂いたの。研修報告をＡ４で一枚以上にするようにと言われたのよ」

そう言いながら、慶子は効きの悪いクーラーの吹き出し口に顔を近づけ、風向きを自分の方にひねっている。前髪がおでこで踊った。先生は夏休みは生徒と同じように自由登校だと思っていたが、そうでもなく想像よりも大変なんだ、と目を閉じ涼しそうにしている慶子の横顔を見た。

山あいにある駅前の小さなロータリ隅の箱型花壇に、小林さんは腰かけていた。直也は道の脇に車を止め、小林さんの所に小走りで向かいながら声をかける。

「すみませーん、お休みのところ、申し訳ないです」

小林さんは、立ち上がり手を振る。赤い登山シャツにポケットがいっぱいあるベスト、登山用の靴と帽子、大きなリュックサック、と本格的な登山のいで立ちだ。直也は会社のロゴが入った作業服の上下、慶子はジーンズと白いTシャツに青いスニーカー。思わず直也は三人の服を見比べた。

慶子は丁寧に自己紹介をし、よろしくお願いします、と菓子折りの紙袋を渡した。

「おう、気を遣(つか)わして、おおきに。話は大体、木村君から聞いているで。……わしも気になっていて、ええ機会や。木村君、まず峰平へ行ってくれへんかな。詳しいことは車の中でや」

峰平村に入る県道は別にあるが、遠回りになり下手をすると時間が三倍ほどかかる。躊躇なく近回りの峠越えを選ぶ。会社のネームが入ったライトバンは谷川に沿った林道をエンジン音を響かせ駆け上がる。仕事がら車は四輪駆動で、車体の傷は伊達ではない。

「わし、あの仕事のあと、本庁への出張を何回か作り上げ、市の歴史編纂室に入り込んで、いろいろと調べたんや。そしたらな、にらんだ通りその当時の古い埋葬認可証が出てきた」

車は、枝木が行く手を遮る狭い道を、ラッセル車のように緑をかき分け進む。枝が窓に擦れるたびに慶子は小さく悲鳴を上げる。バックミラーには、腕組みをした小林さんが揺れる車体に身を任せている。直也は次の言葉を待った。

「そのコピー、後で見せたるが、朝鮮人の名前のが三枚あった。発行は旧峰平村役場となってるんや。その場所はな、わしが塩漬けになっている、いや、はりきって今働いている出張所や」

死亡年月日が大正三年つまり一九一四年。内務省警保局の統計「朝鮮人概況」によれば、一九一五年集計で朝鮮人は全国に三九八六人、兵庫県には二一八人いたと記載があっ

たと言い、

「いやあ、併合が行われてわずか四、五年でこんな辺ぴなところに居たとはなあ」

小林さんは峠から見える谷底を窓越しに覗（のぞ）いた。

ナビにはすでに道としての表示はなく破線となり、間隔の狭い等高線上をほぼ直角に近い角度で横切っている。体が背もたれに押しつけられる。

「木村君、この道大丈夫か。わしもこの区域担当やけど初めて通るわ」

小林さんは身を乗り出し顔を突き出した。慶子も心配そうに首を曲げ直也を見る。タイヤは路肩すれすれで、その下は谷に続く絶壁になっている。

「点々があるから道はあると思うけど、ただ車が通れる保証はないな」

直也は他人事のようにぶっきらぼうに言う。山側はこすってもいい、谷側だけは気を付けなければ、直也はハンドルに力が入る。

やがて下り坂になり、道幅も心持ち広くなった感じだ。

「それで小林さん、峰平のどこに行けばいいんですか？」

「おう、それや。調べたけど出張所にはそれに関する資料なんかないし、死人のことは、やっぱり地元のお寺さんやな。この前の高速のサービスエリア予定地、わしらが登って来た反対側のふもとにあるお寺、善徳寺ちゅう寺やけど、そこ行こ。住職にはだいたいの事情、連絡している。……そこな、村内巡回言うて、時々油売る場所や。地元の中学の先生を定年退職して、今は坊主に専念しとる」

元先生、という言葉で慶子は後ろをちらっと振り向いた。車は坂の林道を降り、青い稲穂が見える少し広い道に出た。穂が顔を出し、谷間のそよ風に頭を揺らしている。

「よかった、抜けたな。よっしゃ、この道をまっすぐ行って、三叉路(さんさろ)あるから右に行ってすぐや……徐先生、もう安心やで」

慶子は後ろを向きにっこりとした。

だんだんと青い田が開けてくる。言われた通り右に曲がると直ぐに、山のすそ野に抱かれたお寺の屋根が見えてきた。道を左に折れ田んぼの中の道を過ぎ、山門前の竹やぶ横の駐車スペースに車を止める。

小林さんを先頭に境内まである十段ほどの階段を上がった。ジイージイージッジッジッ、ジイー、と蟬の声が頭上から降り注ぐ。正面に本堂、その右横には二抱えもあろうか杉の大木がそびえ立つ。小林さんは首に巻いたタオルで顔の汗を拭い、杉の木と反対側の母屋に向かう。

小さな池があり、その向こうに広い平屋の家がある。広縁の前には物干し台があり洗濯物が揺れている。

「住職さん、こんにちは。小林でーす」

「おうー、今行くよ」

紺の作務衣姿の大柄の人が広い玄関に現れ、さあ、中へどうぞと招き入れた。三人は丁寧に履物を揃え、そろりと上がる。小林さんの登山靴が無骨に見えた。十畳ほどの座敷縁側の障子は開き放たれ、座卓横の扇風機がゆっくり首を振り、蚊取り線香が揺らいでいる。今越えてきた峠の山が額縁に入った絵のように見えている。

小林さんが間に入り、住職、直也と慶子の紹介をして、それぞれが会釈を交わした。

「さっそくですが、大正期あたりの過去帳を探し、用意しておきました」

住職は横に持ってきた埃がまだらに付いている風呂敷をそっと解いた。埃がふわっと舞い上がる。積みあがっている冊子の中ほどから薄汚れた紐綴じの冊子を抜き出し、そっと座卓に置いた。

「これですわ、大正三年の部分が書かれているのは。私も事前に調べてみましたが、その年は十五人を埋葬していますね。……ああ、ここからですわ」

住職は開いたページを手の平で押さえ、三人に見えるように真ん中に置いた。小林さんは「ちょっと見るわな」と身を乗り出してページを捲った。直也も慶子もつられるように正座をして頭を近づける。小林さんは一枚いちまい丁寧にページを捲り、頷き確かめるように見入っている。

「これや、木村君、徐さん……」

直也も慶子も指さされた指先を見る。

大正三年十二月二十五日、俗名張永守、享年二十七。朝鮮人の名前に違いない。慶子ははっと声にならない声を上げ、唇に手を当てた。直也も思った、同じ歳だと。法名は空欄で、ない。小林さんは、次を捲る。

俗名金炳実、享年三十二。小林さんは直也と慶子に目で確認を取り、次を繰った。

俗名南益基、享年三十七。次のページからは日本人の名前が連なった。「創氏改名」政策は昭和十四年、一九三九年頃からだから、この時期は日本式の名前はまだ使っていないはずだわ、慶子はぽつんと言った。

小林さんは脇に置いたカバンから数枚の紙を取り出す。奥さんと思える人がお茶を運んできた。麦茶の入ったグラスには水滴が付いている。小林さんは、一気に飲み干した。

「同じ名前ですわ、間違いなくここで埋められたんですね」

小林さんは三枚の紙を座卓に並べる。住職も眼鏡をかけ、頭を近づけた。

認可證、名前の後、埋葬許候事、大正三年十二月二十五日に於いて行うべし。最後の行は、川邊郡峰平村長の角印が押してある。

「埋葬許可書のコピーや。市史編纂室の資料をあさり、大正三年を中心に前後五年間のこの地区の本籍地別死亡者を調べてみた。まとめたのがこの表や」

小林さんは三枚の下から素早く紙を滑り出した。慶子は目を細めて唇を引き締め集中して見ている。住職は眼鏡を押し上げた。

表は丁寧に定規で引かれ、一目瞭然だ。明治四十二年から大正八年までの死亡者数、そのうち本籍地が地元の者、本籍地が他地方の者に分けている。

死亡数は年平均三、四名、ほとんどが地元の人だが、大正三年だけが特異だ。死亡者数が十五名と飛びぬけて多く、そのうち地元が五名、残りの十名は他地方の者と数字は示している。慶子は肩の力を抜き、座りなおして麦茶を飲んでいる。

「わしの推測やけど、他地方者の中にこの三名の朝鮮人が入っていて、それ以外にも地方から来た人夫もいたと考える。工事の初期の段階で多くの犠牲者が出たんやなあ」

小林さんはごま塩頭を撫で、お茶をゆっくりと飲んだ。直也もひと口含む。部屋に流れ込んでいる蟬しぐれと扇風機の気だるい音だけがしている。

ところで住職さん、と小林さんは埋葬許可書を手に取った。

「ここに書いている張永守という人のこの住所やけど、今のどこに当たるのかな。他の二人は記載がないとか番地不詳となっているし。峰平村ノ内奥瀬(おくせ)村イヅリハ一番地ノ四五となっているが、イヅリハ言うたら、どこや。わし調べたけどようわからへん。住職さん、分かりまっか？」

「イヅリハ？　ううーん、分からんなあ。その奥瀬村いうたら、ＪＲの旧武田尾駅周辺で、知っての通り谷底に数件のひなびた温泉宿があるくらいや。……そこで聞いたらなんか分かるかも知れんな。行くんやったら、人紹介するで。湯元屋いうて、そこで一番古い旅館や。あのばあちゃんまだ生きとんかな。わし、小さいとき、湯元屋の法要のたんびに親父について行って、法要の間、前の川で遊んで毎回はまってな、いつもびちょびちょで、どんくさい言うてばあちゃんによお怒られましたんや。そや、神戸水道が川渡る水管橋の太いパイプがその近くにあるし、なんか知ってるかもしれまへんなあ」

と言いながら住職は頭を掻(か)いた。

「あの湯元屋でっか。わしも湯に入ったことがあるで。炭酸泉のええ湯や。……巡回中やったけどな。言うたらあかんで」

直也はくすっと笑ったあと、「行きましょう」と小林さんにこくんと顎で促した。

「頼んでもらえたら、有難いですわ。……それで、もう一つお願いがあるのですけど。この許可書にあるお墓、埋葬地教えてくれますか」

直也は小林さんの顔を見上げた。埋葬地、お墓？　それは草深い山中のあの丸石の場所ではなかったのか。しかし考えるとあの険しい山奥で葬儀が営まれるのか。だが埋葬許可書があり、同じく過去帳に記載している以上確かに埋葬しているはずだ。小林さんはあの山の中での埋葬地を墓だと確認するために住職に問うたのか。

「ああ、墓ね。なんなら今から行きまひょか」

住職は隣の部屋にでも行くようにあっさりと言った。

「その時期のお墓は、戦後造られた今の共同墓地と違って、別の場所ですわ。元の墓を今のお墓に引っ越しさせていただいたんですが、身内のいないお墓はそのままになっていますがね。車で十五分もあれば着きますよ」

実は、と小林さんは山中の丸石がその人たちの埋葬された墓ではないかと、神戸隧道の工事の話を順を追って話した。住職は腕組みをし、静かに頷きながら聞いている。横の慶子はカバンからノートを取り出し、ペンを走らせていた。

「なるほど、十分考えられますね。おっ、そや、湯元屋に電話せな。あのばあちゃん、昼寝したら起きへんからなあ」

ははと笑いながら住職は立ち、奥に電話を掛けに行こうとする。

直也はとっさに声が出た。

「住職さん、それじゃ墓が二つもあることになるのですか」

「それ、車の中で話しますわ。みなさん、車のところで待っとってください。すぐ行きますよってに」

住職は振り向いて言った。

車の中は夏の熱気でむっとしている。直也は住職が車に来るまでドアーを全開しクーラーを強に設定した。住職が階段を降り、黒紗(くろしゃ)の衣をひるがえしてやってくる。中の白地の衣が透けて見え涼しげだ。

「ばあちゃん、来るまで起きてるいうて。相変わらず元気そうやった。……墓見たら、またここまで送ってくれますか。後は小林さんが分かりますよって」

そう言いながら、後ろの席、慶子の横によいしょっと、頭を下げ尻を滑り込ます。車体が少し軋んだ。

「三叉路を右に行って、少ししたら左に山道があるからそこを登っていきましょう」

住職は袂から扇子を出し扇ぎながら言う。直也はバックミラーで住職を見て頷いた。横の慶子がノートを取り出している。

「あのー、二つの墓の話……ですが」

慶子は取材者のように尋ねる。小林さんも後ろを見た。車は棚田の山間をゆっくりと走っている。青い穂が風に一斉に揺らいでいる。

「それな、ありうるねん。あんた、社会科の教師いうとったね、両墓制って知ってやろ」

直也はミラーから慶子を覗いた。目を丸くして首を振っている。

「知らんか。簡単に言うたら、一人の死者に対して二つのお墓、つまりや、遺体を埋葬する『埋め墓』と、お墓参りのための『詣り墓』を作るということや。火葬式になってからはなくなったけど、昔からあって、特に畿内に多い。この地域もその風習があってん。土葬の場所には印として普通枕石と呼ばれる自然の石が置かれることが多いんや。そやからその話も、可能性あるわ。おっ、その先、左や」

慶子は下を向き、書きこんでいるようだ。小林さんは頷き、体を前に向けた。直也は慎重に左折し、狭い山道に入る。少し登ると夏草が茂る二十坪ほどの平地が見え、そこに止めるように言われた。

来た山道を挟んで両側はなだらかな斜面になっている。平地の上の斜面は疎（まば）らに墓石が見えた。反対側斜面は草木に覆われている。住職は車を降り、墓石の方に登って行く。手には数珠が握られている。三人は後に続いた。以前は棚田のように段々になり、そこに墓石が安置されていたようだったが、その棚が今は崩れ、近く遠くに抜けた歯のように墓石が草むらに倒れている。

「狭いけどここが前の村の詣り墓で、残っている墓石は身内がいなくて、移設も出来ず朽（く）ちるまでそのままにするしかないやつや」

そう言ったあと、住職は合掌し、呟くように念仏を唱えた。慶子は住職の後ろで同じように首を垂れ手を合わせている。直也も手を合わせた。

「……さっきの話の続きやけど、村の者以外で死んだとき、引き取り手が無かったらあっちに墓作るんや」

住職は数珠を持った手を山道の向こうの斜面方向に指した。

「そしたら、あの三人の墓はそこにあるということですか」

直也は焦ったように言った。

「引き取り手が無かったら、そうなる。あっちはな、昔から馬墓というて、百姓が飼っていた牛や馬が死んだときに埋めるところや。墓場が狭く、そんな人はそっちに墓を作った、と地元の古老から聞いている。墓いうても板の卒塔婆（そとば）のようなもんやけどな」

朝鮮から渡り、今のように連絡手段や交通も発達していないなか、こんな山奥まで身内の人が来ることができただろうか。直也は草の中の石がまた浮かんだ。

慶子が山道の反対側の斜面に急ぎ足で向かう。みな後に続く。そこには何の痕跡もなかった。ただの山の斜面で、風に鬱蒼とした草木が揺れているだけだった。

慶子はしゃがみ込み、爪先で地面を搔き、土塊（つちくれ）を白いハンカチに包みバッグに丁寧にしまった。授業の教材として採っておくだけではない気配を感じる。小林さんも直也も佇んで慶子と風景を見ていた。慶子はデジタルカメラを取り出し、周辺を撮っている。

「さあ次行こうか。ばあちゃん、ちょっとでも昼寝取れるようにしてあげよう」

住職に促されて、三人は墓地を降り車に乗り込んだ。来た道を戻り三叉路を左に曲がりお寺の階段下で住職を降ろす。

「ソさん言うたかな。私も教員しとったが、子どもたちに正しい歴史を教えることは明日につながる大事なことや。ええ教材作ってよ」

じゃ、と住職は衣をひるがえす。慶子は窓から手を出し強く振った。

三叉路に戻り元の道を左にたどり、南に向かう。狭い急な下り坂で対向車が来たら通行できない幅だ。出くわすとどちらかが元の位置までバックしなければならない。直也は前を見て対向車が来ないことを祈った。

「この狭い谷道が唯一鉄道と繋がる道で、バスが通るまで歩いて通った道らしい」

小林さんも対向車と出会うのを気にしながら話している。

今から向かう駅跡を通る鉄道は廃線となっていて、新しい路線は山向こうの町から直線的にトンネルをくり貫き、同じ駅名で五〇〇メートルほど下流に新駅を作っている。鉄橋の上にあり、ちょうど竹輪(ちくわ)を横切りにした真ん中にあるような駅で、すぐにまたトンネルだ。鉄とセメントの駅だけで周囲に人家はない。人がいるのは今から行くところだと。直也は対向車に注意しながらも、喋っている横の小林さんに相槌をうつ。幸い谷底の鉄道駅跡まで車は来なかった。

坂を下ったV字谷の底には幅三十メートルほどの川が流れ、橋の両岸に民家が数えるほど見える。狭い中庭ほどの唯一の平地だ。幾つかの家は急な斜面を削り、山にへばりついている。そこから湯けむりがのんびり揺らめいている。車は枕木が所々に見え隠れする道を行く。

「この辺りに駅があったらしい。そこの橋を渡り、右に道なりに少し登って行った突き当たりが湯元屋や。……あそこ見えるやろ」

小林さんは助手席からガラス越しに右上を指さした。一車線の橋を渡り、谷間の道を少し登り、車三台ほどが入る駐車場に止める。

木造二階建ての小さいアパートのような建物だ。壁には「料理旅館、湯元屋」と横文字二段で書いた畳一枚くらいの看板がある。玄関横には高さが四、五メートルほどの木槿が丸くきれいに剪定（せんてい）され、今を盛りに五花弁の白い花をそこここに咲かせている。駐車場からは、川向こうに先ほど降りて来た道が見え、駅跡、橋が鳥瞰（ちょうかん）できた。

「すみませーん、善徳寺から紹介された小林という者ですが……」

ガラス張りの引き戸を開けた広い玄関土間で三人は返事を待った。棚の下駄箱には履物はなく、他に客はいないようだ。はあーい、と奥から声がして髪を後ろで束ねた高校生のような若い女性が急ぎ足でやってきた。色白で左ほほに可愛いえくぼがある。住職は九十歳くらいのおばあさんだと言っていたので、慶子と顔を見合わせた。

「あー、ばあちゃんから聞いています。さあ、どうぞ上がってください」

私は孫でこの旅館を手伝っています、と奥の部屋まで続く廊下で話した。旅館と書いているが民宿のようだと感じた。

おばあさんは座椅子にもたれてテレビを見ていたが、直也たちが部屋に入ると消した。孫娘が座卓の前にイ草の座布団を並べた。冷え過ぎに気を遣っているのか、クーラーをかけているが余り効いていない。

「和尚は一緒に来なかったのか。また文句言われると思とんねんやろ。まあええわ、そこ座り。そんで和尚、住所がどうとかこうとか言うとったけど？　神戸水道工事の時分の話やな」

三人は座り、挨拶をする。ソキョンジャと自己紹介をしたとき、あんたひょっとして朝鮮人ですかと、聞き返した。慶子がうなずくと、ふーんと口を結んだ。

「おそらくその工事で亡くなった人の住所が、この奥瀬村のイヅリハいうとこでんねん。聞いてると思いますが、そのイヅリハがどこか分かれへんのです」

小林さんは埋葬認可証のコピーを見せ、住所を指さした。おばあさんは老眼鏡を掛ける。

「うーんそれな、たぶん『出るはね（羽）』と書いて『いずりは』、『ヅ』やのうて平仮名の『す』に点々の『ず』、戦後すぐのころは漢字で『出羽』と住所表記しとった。もっと前の戦前は、片仮名で、『ス』に点々の『イズリハ』と書いていたわ。今は奥瀬何丁目何番地に変わってますけどな」

「ほなら、そのイズリハ一番地ノ四五、どこか分かりますか」

イズリハ一番地ノ四五、おばあさんは歯茎で噛むように何回かもぐもぐと繰り返した。そして目を見開き、ああ、というような顔をした。

「小さい時のうちの住所、思い出した。イヅリハ一番地で、確か四十なんぼかや。それ忘れたけど、この近くや間違いない」

三人は顔を見合い、小さく頷きあった。

「そやけど、その張、何て読むのかな、えいしゅ（永守）？　いう人、二十七歳で死んだんかいな。若いのにかわいそうや……え、なにやて、朝鮮語ではチャン　ヨンス……ヨンス？」

すいません、と襖を開け孫娘がお茶を持ってきた。両ひざをつき座卓にお茶を置き、静かに出て行く。

おばあさんは、お茶を啜（すす）った。

「和尚から電話があって、いろいろ思い返しとったんやが。そういや小さい頃、母さん、うめ言うんやけど、から聞いたことがあったなー思って。母さんもよっぽど印象に残っとったんか、何度か聞かされた覚えがあるわ。トンネル工事の発破事故で体中に石が突き刺さって血まみれになって医者に運ばれた人、見たそうや。ここは元々医者はいなかったけど、今もおれへんけどな、その時は人夫がぎょうさんおったし、工事にけが、病気はつきもんやから、医者が寝泊まりしててん。家の横の駐車場、昔は離れがあって、そこを診療所にしたそうや」

慶子はメモを取り続け、小林さんは腕組みをしている。おばあさんは、話しながら記憶が戻ってきたのか、背筋が伸び、お母さんが憑（と）りついたように喋りはじめた。直也はお茶を一気に呑んだ。

四

工事が始まった大正三年はうめが十八歳になった年でした。千刈水源地の水を神戸までトンネルを掘って通す工事だそうです。神戸には行ったことがありませんが、なんでも山を何個も越えて海まで行くそうです。

なぜこの年を覚えているかと言えば、何個ものトンネルを抜け、駅二つ向こうの宝塚の町で「宝塚唱歌隊」の女の子たちが宝塚新温泉で初めて歌や踊りを見せて、とても楽しかったとお客さんから聞きました。神戸は無理かもしれませんが、そこなら行けそうだし、ぜひ見たいと思ったからでした。

人夫さんが寝起きする細長い飯場は、土地が狭いので橋を渡った山側を削って作り、後で人夫さんが増えて来たので、その横の山も削り作っていました。

立派な口髭（ひげ）の監督さんはうちの湯元屋の部屋を借り、寝泊まりしていました。声が大きくていつも何か怒っているように見えました。お医者様も連れて来られて、工事が終わるまでうちの離れを診療所みたいにして使っていました。痩せぎすの体に黒縁の丸い眼鏡をかけられていました。初めてお医者様が来られた、と村のみんなは喜んでいました。

日に二回通る汽車が駅に着くと、五分袖から赤や青の彫り物がちらちら見える男の人が、人夫さんでしょう五、六人引きつれて橋を渡ってきます。みな風呂敷を抱え背中を丸めて五分袖の人の後をついてきます。そんな風にぞくぞくと人夫さんがやってきました。駅前には俄かに小屋が数軒建ち、酒場だったり、化粧をした奇麗なお姉さんがいる店もありました。そこへは近寄るなと父からきつく言い聞かされていました。静かだった谷は、毎日がお祭りのような賑やかさになりました。

その日も煙を吐き汽車が着くと男衆が降りてきました。十人はいたでしょうか。うめは駅前の雑貨店でのお使いの帰りで、橋を渡った川側の道端から何気なく見ていました。眼下の川は一昨日から降り続いていた豪雨で水かさが増し、上下にうねっていました。その人たちがいつもと違って見えたのは、服装でした。着物の人は一人もなく、みな白い上衣に白い絞りのズボン、上衣の留めはリボンのように結んでいます。初めて見ました。鳥打帽を被った男の人だけが黒っぽい服で、その人を先頭に白い塊はぞろぞろと橋を渡って来ていました。

その時でした。大雨で地盤が緩んでいたのでしょうか、うめの足元の地面が崩れ、あっという間に川に投げ落とされたのです。うめは流されながらとっさに太さ一尺（三十センチ）ほどの橋桁にしがみつきました。岸の方を見ると、橋を渡ってきた白い服の人たちがなにか叫びながら右往左往しています。

うめは落ちるときに体を打ったのか全身に力が入りません。うねった波は容赦なくうめと橋桁に当たり、その波しぶきが顔にかかり、今にも体が引き剝がされそうです。その時、白い服が岸の崖を滑り降りているのが見えました。そして濁流に飛び込み、流されながらも泳いできます。流れに逆らい、行きつ戻りつやっと橋桁までたどり着き、うめと橋桁を力づよく抱きました。後ろから抱かれたので顔は見えませんでしたが、心臓の鼓動がうめの背中に感じ、荒い息が耳元で聞こえます。

岸には人が集まり、やがて橋の上から太い縄が下ろされ、その人は手繰り寄せた縄にうめの体を巻き付けました。うめは天上に昇るようにゆっくりと波打った濁流から引き上げられます。薄れゆく意識の中その人を見ました。濡れ垂れている前髪の奥に、切れ長のやさしい目が見えました。

橋の上では待ち構えていた人たちの歓声が上がり、母はぐったりしたうめの体を抱き泣いていました。父はうめを毛布にくるみ、抱きかかえるようにして家まで連れて行きました。

その後、父は飯場の人たちにその飛び込んだ人のことを聞いても要領が得ず、分からずじまいでした。しかし、うめはその切れ長の目だけは忘れることがありませんでした。

その後も白い服の人たちはやってきました。父は飯場に出入りし食料などの準備を手伝っていましたので、うめは父に、助けてくれた同じ白い服の人たちのことを聞きました。朝鮮国から来た人たちで、今は人夫の半数にものぼると言っていました。朝鮮国？ それはどこにあるのと父に聞きました。山を越え海を渡った向こうで、今は日本の国と一緒になったと言っていました。そうなんだ、神戸の向こうにある国から来られたのだ、とうめはひとり思いました。

秋も深まり谷の景色は赤と黄色の錦(にしき)のようになります。うめはこの時期が一番好きでした。深呼吸をすると赤と黄の空気が体中に入り、生まれ変わったような喜びに満たされます。

工事が本格的に始まったようです。十人ほど一組の塊が、何組も木材や鉄棒やいろんな材料などを持ち、橋を渡って線路を越え山に入って行きました。やっぱり父の言うように白い服の人たちが多いように感じました。父に聞くと山奥の何か所もの現場に小屋を建て、そこで寝起きして仕事をするそうで、父は食料なんかを人夫さんらと一緒にそこに運んでいるからよく知っています。山小屋が完成すると、人夫さんたちは一度山に入ったら何日も降りてきませんでした。

隧道の掘削は狭い坑道をまず掘りそれを切り広げて、山のなか何里も掘っていきます。ふんどし一丁でカンテラやカーバイトランプで明かりを取り、柔らかいところはつるはしやスコップの手掘りで、岩などの硬いところは爆薬も使い、昼夜三交替で作業をするそうだと、山から帰った父は言っていました。

北風が谷を通り過ぎた寒い日でした。対岸の山から何人かが駆けるようにして降りてきます。線路を越え橋まで来た時、うめは見えました。戸板のような上に人が担がれ、手足をばたつかせていました。橋を渡り、坂を上がって湯元屋に近づいて来ると、うめき声とも叫び声とも分からないような恐ろしい声が聞こえました。一緒に来た先頭の半纏(はんてん)を着た人が先駆けをし「けが人だ!」と大声を上げ、診療所の戸を荒々しく開けました。髭の監督さんもぶ厚い丹前(たんぜん)を羽織(はお)ったまま下駄を引っ掛け、慌てて宿の玄関から出てきました。

うめは目を背けました。体中に石が突き刺さり、ちょうど蜂の巣のようになっていてその穴ごとから血が流れ、戸板は真っ赤に染まっていました。四人の担ぎ手の人たちは戸板ごと診療所に入って行きました。

監督さんは髭を摩りながら、先に来た人から事故の様子を聞いていました。けが人はまだ何人かいるそうですが、一番ひどい奴を連れてきた、言葉が通じなくて発破に巻き込まれたとも言っていました。工事を遅らせるな、それを言ったきり監督さんは寒そうに肩を丸め、丹前の袖に手を引っ込めながら玄関に戻って行きました。半纏の人は体をこわばらせて玄関に礼をしていました。

暫くして戸板を担いできた人たちが診療所から出てきました。白い服の人たちでした。その中の背の高い一番若そうな人がうめのそばにやってきて、手首を返し口に持っていき、飲むような真似をして「ムル、ムル」と言いました。目元を見て、うめは、はっと口元を押さえました。あの助けてくれた人に違いないと思ったからでした。その人はうめのことは分からないのか、同じ仕草をくり返していました。そうだ喉が渇いているに違いないと急いで家に入り、薬缶と湯飲みを持って戻りました。

その背の高い人は薬缶を大きく傾け、湯飲みに溢れるくらいに入れて、何杯もあおるように飲みました。うめはなぜかその姿に今まで感じたことのない胸騒ぎを覚えました。通った鼻筋に引き締まった口元、いつか見た歌舞伎役者の錦絵のようでした。なぜか恥ずかしくなり、うつむきながらもその人を上目遣いで見ていました。残りの人たちも次々と水を飲んでいました。

半纏の人も診療所から出てきて、白い服の人たちに何かひと言、ふたこと言っていましたが、会話のような長い言葉ではなく、短い言葉を何個かぽんぽんという感じでした。日本語ではないので、たぶん朝鮮国の言葉かなと思いました。

白い服の人たちはお互い顔を見合わせ、背の高い人が背中を押されて前に出されました。半纏の人はうめに、容体が心配だから同じ国の人を一人残す、けが人が大丈夫そうなら明日山に戻るようにする。なんか食わしてやってくれ。寝るのは診療所でする。おやじさんにそう伝えて、と睨(にら)むように言われました。そう言うと踵(きびす)を返して坂を降りました。残りの三人は慌てるように後を追いかけました。背の高い人とうめは並んで橋を渡って行く四人を見送りました。

うめはお礼を言わなければと思い、きちんと襟(えり)を正して立ち、あの時は本当に有難うございました、と礼をしました。その人は小首をかしげていました。そうだ、言葉が通じないし、うめの顔も見ていなかったのだと思いました。うめは手招きをし橋を指さし、橋桁を抱く真似をしながら自分の顔を指さしました。

その人は暫く考えているようでしたが、あっというような顔をし、腕を回し泳ぐ真似をしました。そうです、私、私なんです。うめは何度も自分を指さしました。喜びが体中に満ちました。そしてもう一度深くおじぎをしました。

「な、ま、え、う、め……うめ」と指さしながら言いました。背の高い人は何回か頷き、同じように自分の顔を指し、「ヨ、ン、ス、ヨンス」とくり返し、白い歯を見せました。嬉しくなってその名前を心の中で何回もくり返しました。

うめは急いで家に入り父と母に、見つかりましたと大声で言いました。父も母も慌てて出てきてお礼を言いました。ヨンスさんは、ただ静かに笑っているだけでした。

お医者様が診療所から出て来た時は暗くなっていました。診療所といっても八畳ほどの離れに手を入れ、土間を板張りにして机と椅子を置き、奥にベッドが一つあるだけでした。そのベッドの下でヨンスさんは今夜寝るということでした。うめはどうぞ家の宿で食事もし、泊ってもください、父も母もそう願っています、と身振り手振りで熱心にお願いしましたが、首を傾げて、最後まで通じませんでした。

うめが食事をお盆に乗せ診療所に行くと、薄暗いランプの中でヨンスさんは背を丸めてベッドを見入っていました。ベッドの人は体中を包帯に覆われ、そこから血が滲み出て、ううん、ううんと低く唸っていました。ヨンスさんは熱冷ましのタオルを交換したり、声をかけ水を飲ませたり、かいがしく看病をしていました。うめは思いました。ヨンスさんはさっきうめがお願いしたことは分かっていたけど、知らんぷりをしたに違いないと。

うめはお盆を机の上に置き、奥の押し入れの戸を開けて布団をポンポンと叩き、敷く真似をして教えました。ヨンスさんはにっこりと大きく頷きました。

お医者様は、何かあれば言ってくるようにあの若造に伝えている、と父に言っていました。お盆を下げるとき、うめは手あぶり火鉢を持っていきました。ヨンスさんは「コマウオ」と言って嬉しそうに両手をかざしていました。喋ると白い息が出ました。夜うめは布団の中で、やっぱり無理をしてでも泊まってもらうべきだった、お湯にどうして案内しなかったんだろう、食事をもっとごちそうをすればよかった、後悔ばかり次々出てなかなか寝つけませんでした。

朝、さっそく温泉の湯を桶に汲み診療所に行きました。キンとした冷気のなか湯気がゆらゆらと上っています。ヨンスさんは桶に手を浸し、ふうーとため息を漏らして気持ちよさそうに目を閉じていました。

昼前にお医者様と監督さんが診療所に入って行きました。うめはヨンスさんの朝食のお盆を下げにその後すぐに入りました。けがの様子を聞き、ヨンスさんが今日も泊まるかどうか知りたいと思ったからでした。お医者様はベッドで呻(うめ)いている患者を診て、腕組みをし、眼鏡を上げ渋い顔をしていました。

うめはベッドの人には悪いけど、今日も泊まるかもしれないと少し安堵しました。しかし監督さんはヨンスさんに向かって、二つの言葉を繰り返し、挙げた手を対岸の山の方向に何回も振りました。ヨンスさんは何か言いたげでしたが、唸っている仲間の人の手を摩り、声をかけていました。

ヨンスさんが出ると同時にうめも出ました。ヨンスさんの肩越しにうめは「あのー」と声を掛けました。ヨンスさんは振り向きましたが、うめはその後の言葉が出ません。慌ててお盆を地面に置き、両手を一つに丸めて何度も握る真似をしました。しながら、朝鮮国にもおにぎりがあるのかなーと思いました。

ヨンスさんはきょとんとしていましたが、はっとして拳(こぶし)を作り食べる真似をしました。

「そうそう、そうなんです」うめは何度も大きく頷き、声を上げていました。「昼ごはん、作る。ちょっと、待ってて」両手で、ここ、ここの仕草をしました。分かったのかヨンスさんはにっこり、頷きました。うめはお盆を抱え、急いで家に戻りました。お盆の上の茶碗がかちゃかちゃ鳴り、飛んで落ちそうでした。

竹皮に入ったおにぎりと竹づつ水筒も持ってきました。また来てください。その時はゆっくりお泊りになって、ご馳走をいっぱい食べ、源泉の湯にものんびり浸かってください。朝鮮国の話や、ヨンスさんのこともいろいろと聞きたいです。うめは言いたいことがいっぱいありましたが、何も言えず下を向いていました。

「う、め、しゃん、あ、り、が、ど」

そう言い、ヨンスさんは坂を降っていきました。橋を渡るときにうめはやっと声を上げました。

「ま、た、き、て、く、だ、さ、い」

自分でもびっくりするくらいとても大きな声でした。

ヨンスさんは橋の上で振り返り、手をふってくれました。

そのときです、突風が谷に湧きました。両岸の山の木々が激しく揺れ、赤い葉が渦を巻くように舞い上がりました。その風の中にヨンスさんは山に消えました。うめは赤く染まっているその山を見続ました。

華やかだった赤、黄の葉は散り、白黒の世界が谷に訪れ、ちらほらと初雪も降りました。監督さんの怒鳴り声が部屋から聞こえます。山の現場の視察を終えて、それぞれの担当責任者を集めての会議だそうです。うめはその部屋にお茶を運びながら話に聞き耳を立てていました。ヨンスさんの現場での様子が少しでも知りたいと思ったからです。

工事が予定よりだいぶ遅れているそうです。人夫を甘やかしているから遅れるのだ、あいつらは本気でたたけば動く、わしは鬼になってそうして仕事をやり遂げてきた。鬼にならんなあかん、監督さんは髭を摩りながら一同を睨みつけていました。現場の仕事はこれから厳しくなるのかな、ヨンスさんの姿が浮かびます。

年の瀬も押し詰まった頃でした。谷の日暮れは早く、玄関のランプに火をともそうとしたとき、あの半纏の人が血相を変えて転びこんできました。大変なことになったと大声を上げ、腰が抜けたように土間にへたり込み、荒い息を上げていました。監督さんが慌てて出てきて、上がり框(がまち)で仁王立ちになっていました。事故です、それも大きな事故で、何人かの死人も出たと、座ったままで半纏の人は呻くような声をあげました。監督さんは腕組みをし、唸っています。ヨンスさんは大丈夫かしら、胸騒ぎがしました。

監督さんはすぐに半纏の人と一緒に山に向かいました。橋をランプの灯が揺らめきながら渡って行きます。父は玄関にランプを集めて一晩中照らしました。寝るように言われたうめでしたが、眠れるわけがありませんでした。

陽が昇り辺りが明るくなったころ監督さんは帰ってきました。お医者様も玄関で待っていました。監督さんはお医者様を玄関の外に誘い出し、小さな声で話しています。こわい顔をして監督さんは手の平を広げているのが見えました。監督さんは宿に入り、廊下にある電話で警察に話をしているようでした。午前の汽車で到着した二名の警察官とお医者様も一緒に、監督さんを先頭にして山に入りました。

夕方前にお医者様と二人の警察官が戻って来てすぐに診療所に入って行き、暫くして警察官が大きな紙封筒を持って出てきました。そして時計を確認しながら坂を降って行きました。そのあと父が診療所に入るとき、来なくてよいと父は止めましたが、うめは強引に入りました。お医者様は山の出来事を語りました。

やはり爆破事故でした。大きな岩盤に突き当たり爆薬を何本か同時に仕掛けたそうです。本来なら一本ずつ爆薬を仕掛け岩を砕き、ガラを取り除いていくのをくり返すのですが、工期が遅れていて無理をしたようでした。

一本だけが爆発し残りの爆発音がないのでしばらく様子を見て、不発弾だろうと思い切羽に戻った時、残りが同時に爆発しました。狭い坑道内を爆風が走りました。半里ほど入った所でしたが、穴から熱風が吹き出たそうです。そこでお医者様は大きく息を吸い、ゆっくりと吐きました。

監督と山小屋に到着した時は莚の上に血のりが付いた肉片が並べられ、その周りに薄汚れた人たちが取り囲んでいました。肉片は何人分か見当がつきません。歯型を見ると五人分ありましたが、警察には監督の指示通り三人と言いました。この小屋は朝鮮国から来た人たちの現場で、アイゴー、アイゴー、と低い声が響いていたそうです。

うめは、その亡くなった人の中にヨンスさんという人はいませんね、と聞きましたが、お医者様は、分からないと言って力なく首を振りました。

それから、あっという顔をなさって、死んだのは三人で、もし人に聞かれたときはそう言ってくれ、これは監督からの強いお達しで、多くなると工事に支障をきたすからだと。そう言った後、お医者様は肩を落としメガネの真ん中を指で押し上げ、すまないが、とつけ加えました。

うめは、手を振りながら橋を渡って来るヨンスさんの夢を何度も見ました。しかし橋を渡り切れずに夢は覚めます。うめは監督さんに恐るおそる聞いても、名前まで知らないと睨まれました。父に今度その山小屋に行ったときヨンスさんのことを聞いてくださいとお願いしました。

七日ほど経って父は米、味噌などを背負い、村の手伝いさんと一緒にその山小屋に向かいました。父は夜遅く帰って来ました。上がり框に尻餅をつくように座りました。うめは、分かりました？　どうだったの、早口で父に声をかけました。父は目を閉じたまま首を二、三回ゆっくりと振りました。全身の力が抜け、うめは溶けるようにその場に崩れました。

埋葬は終わった。峰平村の墓地に許可証をもらい三つの詣り墓を作った。朝鮮国には連絡が未だうまく取れずにいる。ヨンスさんの形見の物はない、みんな焼いたそうだ。父は苦しそうに言葉を並べました。うめの涙はとどまることを知らず溢れ続けました。

谷は一斉に若葉の芽が吹き、黄緑の風が流れ、鶯（うぐいす）は何もなかったかのように狭い谷に声を木霊（こだま）させています。

父はうめの頼みを聞き、その小屋に行くとき一緒に連れて行ってくれました。小屋の裏に五人を埋葬したと聞いたからでした。うめは山に入るとき、玄関横にある木槿の根元に小さく芽吹いている苗を掘り起こし、油紙で丁寧に包みました。朝鮮国にたくさん咲いている、と母が誰かから聞いたと教えてくれたからです。

うめはここで生まれ育ちましたが、こんな山の深くまでは行ったことがありませんでした。山小屋の裏側を登った少し平らになった所に丸っぽい石が五つ並んでいました。その石をやさしく包むように草の新芽が生えていました。どれがヨンスさんの墓かは分からないと半纏の人は言っていました。

うめは石みんなにヨンスさんが眠っていると思い、一つひとつにお線香を丁寧に供えました。柔らかな春の陽ざしを浴び、煙はゆらゆらと昇っていきました。そしてそのそばに木槿の苗を植えました。

五

おばあさんはふぅーと大きな息を吐き、座椅子に深くもたれ体を預けた。襖が開き孫娘がお茶のお替わりを持ってきた。暑かったのか扇風機のスイッチを入れると、気だるく首が回り羽根音だけが響く。

「おばあちゃん、もう昼寝の時間が過ぎているのに大丈夫？」

孫娘はおばあちゃんの顔を見て、コップを差し替えた。

「おう、すっかり聞き込んでしもた。ぼちぼちお暇（いとま）しなくちゃ……」

小林さんの言葉を遮（さえぎ）るように、おばあちゃんは続けた。

「いや、うちもなんか胸のつかえがとれたようで、死ぬ前に誰かに伝えたかったんや。お母ちゃんは一人っ子のわしだけにこっそり教えてくれた。うちと違うて色白でな、この孫と同じ左にえくぼがあって、子どもながらにきれいやなあ思とった。……間際によう聞きだしてくれた。こちらこそありがと」

おばあちゃんはゆっくりとお茶を飲んだ。

玄関まで送らなくてよいとおばあちゃんとは部屋で別れた。孫娘は駐車場まで三人を見送ってくれた。直也は深くお辞儀をし、慶子は孫娘の手を両手で強く包み、お礼を言っている。

車はゆっくりと坂を降り始めた。手を振っている孫娘の姿がバックミラーから見える。

慶子と小林さんは窓を開け、小さく手を振っているのがサイドミラーに映っている。うめさんもあのように手を振っていたに違いない。直也は左前方の橋を見た。

　車は橋の手前、山側横の窪地に停めた。テニスコートくらいの広さで、側面は所々山肌を見せ、他は夏草で覆われている。

「ここが、たぶんイヅリハ一番地ノ四五、飯場があったとこや」

　小林さんは車から降り、ドアーを力任せに閉めた。その当時の痕跡が残っているはずないが、直也は草を手で分け地面の土を触った。慶子は、デジタルカメラで辺りを撮っている。

「七年間の工事期間中、さっき住職に見せた統計の『本籍地が他地方の者』が、開始から三年間でやっぱり二十名亡くなっている。もちろん地方から出稼ぎにきた日本人もたくさん犠牲になっている。よっぽどの難工事続きで、さっきの髭監督、鬼と化してやったんやろな」

　小林さんは草をむしって投げた。

　慶子が橋を指さして、

「あの橋桁を抱いたんやね」

ぽつりと言った。

今はコンクリートの橋桁になり、それを巻いて穏やかに川が流れている。

小林さんが腕時計を見て、これから登るけど、どうするのか聞いてきた。直也も慶子も初めからそのつもりであった。慶子は三人分のお弁当を作ってきたと来る車中で言っていた。車をそのままに置き、橋を渡り後ろを振り向くと湯元屋が見えた。

枕木が残る駅跡の川側には、煤(すす)けた透明ガラスの格子戸越しにジュースや酒瓶などが見える雑貨屋のような店があった。家全体が傾き、建て付けの悪そうな戸を直也は力を入れて開けた。そして暫くして出てきてビニール袋から冷たい飲みものを取り出し二人に渡した。

直也はリュックサックからＧＰＳ受信機を取り出し電源を入れる。モニター画面が立ち上がり、両側の等高線の幅が密になった中心に緑のカーソルが点滅し、現在地を示している。画面の上の方に赤い丸がある。小林さんも慶子も画面をのぞき込んでいる。

「この左上にある赤い点が丸石がある所。前の調査データから予め入力してきた」

そう言った後、直也は違うスイッチを入れた。瞬間その画面上に青い点線が広がった。画面を横断するように一本の線が走り、その中間に四角で囲んだエリアが現れた。赤い点はその四角の北西の上に灯っている。

「この東西に走る線が新名神高速、四角はサービスエリア予定地で、『宝塚歌劇』を見せるというのがキャッチフレーズのところや」

直也は指をさしながら説明をする。

「さすが、一目瞭然やなあ。歌劇団発足の年に工事が始まり、その年に亡くなった人たちの上にや、華やかな舞台ができる、ええこっちゃ。……知っているのはわしら三人だけやけどな」

そう言ったあと小林さんは、

「わしはこの辺りは知ってるからナビはいらんで。さあー行こ、登りはきついで。登り切ったら遅いけどそこで昼にしょ。わし弁当持ってきたけど、徐さんの弁当食べたいわ」

へへと笑った小林さんを先頭に、慶子、直也と一列になり蟬の声がシャワーのように注いでいる山に入って行った。

狭い間隔の等高線通り、急こう配だ。三十分もしないのに息が上がり汗が噴き出てくる。ここを戸板に乗せて運んだのか。直也はまだ続く岩道を見上げた。前の慶子も肩で息をし、しきりにタオルで顔を拭っているようだ。弱音も吐かず黙々と歩いている姿に直也はいとおしさを覚えた。

　先頭を行く小林さんが後ろを振り向き、大げさに手をふり、もう少しだ頑張れと声を上げている。大きな岩を迂回した先に頂上らしき空き地が見えた。着いたぞ、と小林さんはリュックを下ろし木蔭にどっと座る。その陰をもらうように二人もすわり車座となり、お茶をごくごくと飲む。

　慶子が包みを出し、青いビニールシートを真ん中に敷き、その上に大きな二つのタッパーの蓋(ふた)を開ける。おにぎりとキムパ、唐揚げ、ウインナー、サラダと沢庵、ラップで包まれたキムチ、色とりどりだ。ひとりで作ったのか、そうよ、どうぞ、と慶子は受け皿と割りばしをくれた。ただの飲兵衛じゃない、なかなかやるな、ふっと小さく笑って慶子の顔を見た。小林さんは、ああ、冷えたビールが欲しいなあー、と言いながらキムパを頬張っている。

「どう、教材になりそうか」

　直也はひとしきり食べた後、慶子に聞いた。

「そうやね、まだ調べなあかんとこあるし……。どの切り口で生徒に伝えるのか。工事で犠牲になった人たちの中には朝鮮人もいたこと。生徒たちが水道の水を飲むとき、その人たちのことを、歴史も含め、身近に感じるような教材を目指したいと漠然と思っているけど……」

「いやあ徐さん、さすが先生やね。こんなんその業界では、生きた教材ちゅうねんやろ。へへ、わしも受けてみたいわ」

小林さんは大きな唐揚げを指でつまみながら言った。

慶子が直也を見ながら言う。

「ところで直也君、あんた、いつか言っていた正社員になったら……」

真剣な眼差しだ。

「いきなりどうしたん」

直也は見返す。

「前からそう思とったけど。あんな……そうしたらな、会社の車でいつでも調査に行けるやん……」

最後の方は言葉が小さくなる。小林さんは食べるのを止めて、二人の顔を交互に見る。

そしてえふんと咳ばらいをした。

「木村君よ、ここは正社員になる潮時や。二十七やろ、いつまでも若くないし、話があるうちが花やで。二人お似合いや、一緒にもっと調べるべきやな。わし呼ばれたらいつでもいっしょに行くけんど、はっきり言ってお邪魔虫や」

またへへと笑いながら唐揚げを口に押し入れた。

食事を終え丸石に向かう。頂上の高台から西側が見回せた。見渡す限り夏の濃い緑に覆われた山また山。GPS画面から高速道路路線、サービスエリアそして丸石の位置を確かめ、直也は山向こうに指をさした。最初に丸石を見つけたときの山道とは反対の方向から行くことになる。

サービスエリア予定地を過ぎ、高速道路線上を歩き北に折れる。やはり蟬しぐれの音しか聞こえない。暫く行くと草木に覆われた窪地に白い点がいくつか揺れている。木槿が咲いているのだ。枝が上下に揺れ、まるで直也たちを招いているようだ。

丸石はさざ波のように揺れ動く草の中にあった。慶子はひざまずいて石を撫でる。小林さんは登山帽子を胸に置いて頭を垂れている。直也はリュックから、さっき雑貨屋で買った線香とろうそく、大きなパックの酒を取り出した。

慶子は立ち上がり、たくさんの枝を伸ばしている木槿の枝を五本折る。枝々には湯元屋の玄関になびいていた五花弁の白い花が咲いていた。

それぞれの石の前にろうそくを立て線香を供え、木槿を手向けた。直也は酒を石に静かに飲ませる。酒は石を巻きゆっくりと根元に流れ落ちた。
うめさんが手向けた線香もこんなふうに上がっていったのだろうか。直也と慶子は天上に昇っていく煙をながめ、二人並んで静かに手を合わせた。

（了）

【参考文献】
・『神戸市史本編各説』神戸市、一九二四年
・『神戸市水道七十年史』神戸市水道局、一九七三年
・鄭鴻永『歌劇の街のもうひとつの歴史―宝塚と朝鮮人―』神戸学生青年センター出版部、一九九七年

あとがき

在日コリアンとして日本に生まれ、生きていく中で気がつくと「くすぶった思い」を持ち続けている自分がいました。くすぶった思いの昇華の手段として「小説」に向かったのは、小説世界に入ることで救われた思いが幾度かあったからです。しかし日々の生活に追われ、いつもの日常が過ぎていきます。

高校教員生活を終え、意を決して「大阪文学学校」の扉を恐るおそる開けました。今まで生きてきた在日コリアンとしての思いを、素朴な庶民の視点から喜び悲しみを淡々と描きたい、そんな希望を持って入った「文学の森」の道は険しく、進むことも戻ることもできない時期が何度かありました。同じ思いを持った仲間に救われ、今に至っています。

この間書き綴った中・短編の中から四編を選びました。幸いなことに「文学賞」と名のつくご褒美も何度かいただき、それが歩み続ける励みともなりました。

「くすぶり」はそう簡単には消えそうもありません。それがある限りこれからも精進していきたいと思っています。

出版にあたり、大変お世話になりました新幹社・高二三氏、推薦文を書いていただきました金時鐘氏、そして支えてくださいましたすべての友人たちに、深い感謝を申し上げます。

方政雄

二〇二一年七月

初出一覧

「夾竹桃の下で」第三七回大阪文学学校賞小説部門奨励賞　『樹林』二〇一六年六月号

「ボクらの叛乱」第四四回部落解放文学賞小説部門　『部落解放』二〇一八年七月増刊号

「光る細い棘」　『あべの文学（三二号）』二〇二一年八月

「白い木槿」（「木槿のほとりの石」改題）　『あべの文学（三一号）』二〇二一年二月

方政雄（パン　ジョンウン）
1951年、神戸市に生まれる。在日韓国人二世。1985年度から2016年度まで兵庫県立湊川高等学校教員勤務。2011年兵庫県「優秀教職員表彰」、2017年「文部科学大臣表彰」を在日として初受賞する。著書：小説『ボクらの叛乱』（兵庫県在日外国人教育研究協議会）。共著：『教育が甦る—生きること学ぶこと—』（国土社）、『阪神大震災2000日の記録』（神戸新聞総合出版センター）、『多文化・多民族共生教育の原点』（明石書店）、『韓国語・朝鮮語教育を拓こう』（白帝社）など。
また伊丹市民祭り、出会いのひろば「伊丹マダン」の代表として長年にわたり地域の多文化共生を深める活動を続けてきた。

白い木槿（むくげ）　定価：本体価格2,000円＋税

2021年11月30日　第1刷発行

著　者　©方　政　雄
発行者　高　二　三
発行所　有限会社　新　幹　社
〒101-0061 東京都千代田区神田三崎町3-3-3 太陽ビル301
電話：03(6256)9255　FAX：03(6256)9256
mail：info@shinkansha.com

装幀・白川公康
本文制作・閏月社／印刷・製本（株）ミツワ印刷